西遊記

出口治明 特別授業

出口治明 Deguchi Haruaki 特別授業
『西遊記』もくじ

はじめに――古典に触れると、人間の普遍的な気持ちがよくわかる……4

『西遊記』の背景となった7世紀前半のユーラシア……10

『西遊記』あらすじ……12

第1講 なぜ「中国」で『西遊記』が生まれたのか……15

『西遊記』が成立した中国という国とは?
遊牧民と農耕民による興亡の歴史/開放的な遊牧民国家の誕生
「君主」を叱咤する「天」という存在/遊牧民国家が頼りにした仏教
夜遊び解禁が口語文学の発端に/ウケを狙うから表現が大げさになる

補講❶「偶然」がもたらす歴史の面白さ……43

第2講 「孫悟空」とは何者なのか?……45

やりたい放題の「主役」孫悟空/「始まり」の石は何を伝えるのか
孫悟空はインドで生まれた?/妖怪たちはポケモン!?
組織の強さの秘訣は多様性/賄賂は世界の共通語?

補講❷『西遊記』が「小説」として成立した時代……70

第3講

「仲間」として生きる面白さ……73

弟子はなぜ三人必要だったのか？／川を越えることが中国の旅の醍醐味
取経の旅に出るとしたら誰を連れて行く？
リーダーが頼りないと子分が頑張る
デキるリーダーは部下の意見をよく聞く

特別授業を受けて――生徒たちの感想……96

COLUMN 時と場所と媒体を越えて広がる「西遊記ワールド」……100

旅をしよう、人生を豊かに生きよう……103

背景を知ることで古典はますます面白くなる
物語のアイデアは「本歌取り」／読書に教訓を求めない
学ぶことで人生の選択肢が増える／私たちは偶然の中で生きている
「国境のない」生き方を！

出口治明さんによる『西遊記』にプラスするおすすめブックガイド6点……122

主要参考文献……124

はじめに――古典に触れると、人間の普遍的な気持ちがよくわかる

僕は、本を読むことが大好きだと常々言っているので、「面白い本を紹介してください」とよく頼まれます。面白い本は人それぞれの好みによって違いますから、これはとても難しい注文なのですが、いちばん間違いがないのは古典です。

なぜかというと、古典は何十年、何百年と多くの人が読み継いできて面白いと思ったものだからです。面白くないものは、残りません。これまで膨大な数の本が生まれたと思いますが、その中で面白くないものは、人から読まれなくなって消えていきました。数で言えば、消えた本の方が圧倒的に多いでしょう。

時代が変わっても、国境を越えても、面白いと感じる人がたくさんいるから、昔の言葉で書かれたものをわざわざ現代語に訳したり、ほかの国で用いられている言語を自分たちの言語に翻訳したりして、出版されているのです。清少納言の『枕草子』や紫式部の『源氏物語』、あるいはマルコ・ポーロの『東方見聞録（世界の記述）』なども、そうして現代まで読み継がれてきました。

単に古いものだから残されているだけで、本当に私たちが読んでも面白いのかと疑う人がいるかも

しれません。時代はどんどん変わっているし、飛行機もインターネットもなかった時代に書かれたものがなぜ面白いのか、自分たちの役に立つはずがないだろう、と。

最新の科学によると、人間の脳は一万年以上進化していないことがわかっています。ということは、昔の人の思考力も今の人の思考力も同じなのです。感情も同様で、人は仲間を大切にしようとし、誰かに裏切られたら怒ります。大事なことを決めるときはどうしたか、勉強するときはどうしていたか、昔の人と今の人も、大きくは変わりません。

一方、脳とは異なり、文明は進化します。約三千年前の世界最古の図書館にあったのは、本ではなく粘土板でした。粘土板に楔形文字を刻んで火にくべると硬くなりますから、そのまま文字が残ります。三千年前の図書館には、そんな粘土板が山ほど積んであって、学びたい人はそれを読んで勉強していました。

世界最古の物語『ギルガメシュ叙事詩』が刻まれた粘土板が発見されたのは、アッシリアの首都であったニネヴェの王宮の図書館跡でした。粘土板に刻まれている物語を現代語に訳したものを私たちが「面白い」と感じるのは、人間の普遍的な感情に触れることができるからでしょう。

当時の図書館の様子は、今とはまったく違います。それは文明が進化したからです。しかし、喜怒哀楽も勉強の仕方も同じなのは、脳が進化していないからなのです。古典を、現代人が読んでも面白いと感じる理由がわかってもらえたでしょうか。

今回取り上げる『西遊記』も年齢に関係なく誰もが楽しめる古典です。日本でも古くから人気を博し、テレビドラマや映画や人形劇などになっていますから、ご存知の人も多いでしょう。

古典はほかにもたくさんあるのに、なぜ『西遊記』を選んだのか。日本で読まれている外国で書かれた古典は圧倒的に欧米系の作品が多く、アジアやイスラム圏の作品が少ないのが現状です。明治以降、日本は当時の先進国であった欧米の文明をまず吸収しようと考えたので、古典の翻訳もそちらが中心になりました。ですが、人口がはるかに多いアジアやイスラム圏には、日本語に翻訳されていないすばらしい古典が山ほど残っています。歴史のゆたかさや現在の発展の勢いから考えても、アジアやイスラム圏から学ぶことが、私たちにはまだまだたくさんあるのです。そして『西遊記』は日本や中国だけではなく、世界中で広く親しまれ誰もがその概要を知る物語です。「『西遊記』知ってるで」と、世界の誰とでも共通の話題にできるレベルです。そこで今回は、少しでもアジアの古典を読んで欲しいと思い、『西遊記』を選びました。

この作品のもとになったのは、唐の時代の玄奘三蔵という高僧の取経の旅の記録です。玄奘は唐の都の長安から西天（天竺、インド）を目指し、そこで経典を受け取って再び長安に戻りました。旅は十七年におよぶもので、玄奘はその体験を『大唐西域記』という書物にまとめています。

この旅を後世の人たちが、面白おかしく人に語って聞かせるようになり、語られるうちに話はどんどん脚色されていきました。

物語の最初に登場するのは、サルの孫悟空です。神々の住む天界で、無軌道ぶりを発揮する孫悟空に手を焼いた神さまは、お釈迦さまに頼んで石に閉じ込めました。孫悟空を助けたのが、僧の三蔵です。三蔵は、西天へ取経の旅に出たところで、孫悟空はお礼として、三蔵の旅の守護役としてついていくことを申し出ます。物語中の三蔵のモデルはもちろん玄奘です。

玄奘は、当時の国禁を冒して長安を発ったことからもわかるとおり、かなり有能で意志が強く剛健な人物ですが、『西遊記』ではとても気弱で頼りない人物として描かれています。そういう脚色によって、この物語が面白くなっているのです。さらに猪八戒と沙悟浄も加わり、ともに西天を目指します。

ところが彼らは、『桃太郎』のように、あるいは漫画の『ワンピース』のように、目標のために仲間と協力し合う、ということをあまりやらないのです。むしろ足を引っ張り合うことの方が多いくらい。それもこの『西遊記』の面白さです。

僕は、本には二種類しかないと思っています。面白いか、面白くないか。ためになるか、ならないかを気にする人もいるようですが、面白くないと、そもそも自分の記憶に残りません。記憶に残るからこそ、人生の糧にできるのです。猪八戒が、孫悟空をおとしめようと意地悪するのを覚えていたら、何かで自分がそういう目に遭ったときには、「こいつ、猪八戒みたいなやつやな」と思えばいいのです。そうしたら少しは気持ちが楽になるでしょう。読書が役に立つのは実はそういうときです。

読書をしたら出世に役立つとか、教訓が得られるとか、そのような考え方はどうか捨ててください。本を何冊か読んだくらいで仕事ができるようになれると思っている人に、僕はいつも「人生なめていませんか？」と言っています。そんなことはあるはずがないのです。「こうすれば絶対に成功する」と書かれた本を読んだからといって、直ちに成功するわけではないことは、少し考えれば誰にでもわかります。

『西遊記』に登場するのは、自分勝手でハチャメチャな人たちばかりです。神さまやお坊さんですら、決して立派な人ばかりではありません。だからこそ人間の本音がわかるのです。それがこの作品の面白さです。

もし古典がわかりにくいと思っている人がいるとしたら、理由はおそらくその作品が書かれた時代の背景や知識が少し不足しているからです。『西遊記』を紹介(しょうかい)するにあたって、僕(ぼく)はまず中国という国の歴史から解説しようと思います。物語の背景を知ったら、ますます『西遊記』が面白くなるでしょう。

最後になりましたが、この本ができあがったのは、髙原敦さんをはじめとするNHK出版の方々と、すばらしい文章にまとめてくださった今泉愛子さんのおかげです。また、授業を聞いてくれた東京都立桜修館中等教育学校の生徒さんや教職員にも感謝いたします。本当にありがとうございました。

読者のみなさんの忌憚(きたん)のないご意見をお待ちしています。

(宛先(あてさき)) hal.deguchi.d@gmail.com

ようこそ、古典の世界へ。僕(ぼく)と一緒(いっしょ)に『西遊記』を旅してみましょう。

二〇一八年五月

立命館アジア太平洋大学(APU)学長　出口治明

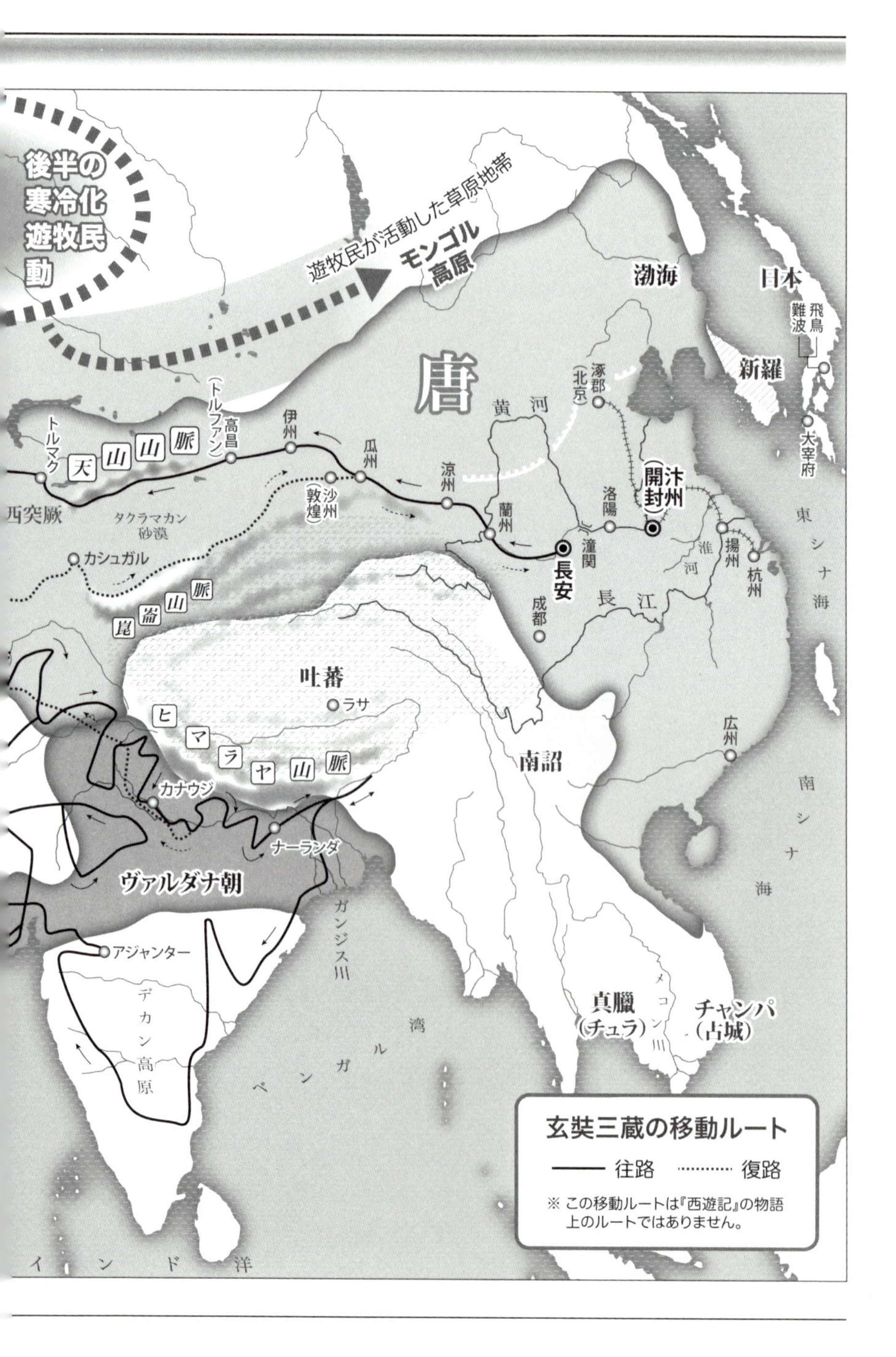
後半の寒冷化遊牧民動
遊牧民が活動した草原地帯
モンゴル高原
唐
渤海
日本
飛鳥
難波
新羅
大宰府
黄河
涿郡（北京）
汴州（開封）
洛陽
揚州
杭州
淮河
長江
東シナ海
高昌（トルファン）
伊州
瓜州
沙州（敦煌）
涼州
蘭州
長安
潼関
成都
トルマク
天山山脈
西突厥
タクラマカン砂漠
カシュガル
崑崙山脈
吐蕃
ラサ
ヒマラヤ山脈
南詔
広州
南シナ海
カナウジ
ナーランダ
ヴァルダナ朝
ガンジス川
アジャンター
デカン高原
ベンガル湾
真臘（チュラ）
メコン川
チャンパ（占城）
インド洋
玄奘三蔵の移動ルート
往路
復路
※ この移動ルートは『西遊記』の物語上のルートではありません。

「山川 詳説世界史図録 第2版」(山川出版社)、「座右の書『貞観政要』」(KADOKAWA)などを参考に作成

『西遊記』あらすじ

花果山の石から生まれたサルは、サルたちの王となり、仲間と楽しく遊び暮らしていた。ところが、先々のことが不安になり、不老長生の術を学ぶため仙人のもとを訪れる。仙人から孫悟空と名付けられたサルは、術を修得し仙人のもとを去った。

その後、神さまたちが住む天界に呼ばれた孫悟空は、気にくわないことがあると大暴れ。ほとほと扱いに困った玉帝は、西方の釈迦にすがった。さすがの孫悟空も釈迦にはかなわない。山の頂上にあった石に閉じ込められてしまう。

そのまま五百年が経った頃、釈迦の命を受けた菩薩は、唐の都長安に赴き、みすぼらしい坊主姿になって、西天への取経の旅の必要性を説く。それを耳にした皇帝の太宗は、候補者を募り、名乗りを上げたのが高僧玄奘だった。太宗は三蔵という号を与え、出発を見送る。

三蔵は、途中、石に閉じ込められてい

た孫悟空を助け、お供とする。その後、白馬、猪八戒、沙悟浄が加わり、一行は西天を目指す。

不思議な霊力をもつ人参果のなる五荘観では、孫悟空と猪八戒が仲間割れして、孫悟空が大暴れ。三蔵は、猪八戒の言い分だけを聞き、孫悟空を破門にしてしまう。しかし孫悟空なしでは、うまくいかない。猪八戒は、花果山まで迎えに行き、孫悟空も機嫌を直してふたたび一行のもとに戻る。

その後も黄袍郎、金角・銀角など手ごわい相手と、騙し、騙されながらの戦いを乗り越え、ようやく烏雞国へとたどり着く。そこでは、五年前の日照り続きのときに雨ごいの術で国を救った仙人が、国王を井戸に幽閉し、国王に化けて国を治めていた。国王の妻も息子の太子もすっかり偽の国王に騙

されていたが、本物の国王は、幽霊となり三蔵に惨状を訴えた。

そこで孫悟空たちは、偽の国王を退治することを計画。三蔵は、小さくなった孫悟空が入った箱をもち、太子のもとへ。本物の国王から預かった白玉の圭（使者のしるし）を示し、太子に真実を告げる。国王に化けていたのは、文殊菩薩の乗り物の獅子だった。最後は文殊菩薩が現れ、獅子を引き取り、烏鶏国にふたたび平和が訪れた。

その後も、通天河の怪物、火焔山の羅刹女、牛魔王など手強い相手を蹴散らしながら、悟空たちは、ようやく天竺国の雷音寺へとたどりつく。釈迦に迎えられた一行は、五千四十八巻の経を受け取り、唐の都長安へともどった。長安では、太宗が宴会を開き、三蔵たちを歓待。その夜、釈迦により、孫悟空は仏に、猪八戒は使者に、沙悟浄は羅漢となり、白馬はもとの姿の龍となった。

第1講

なぜ「中国」で『西遊記』が生まれたのか

『西遊記』が成立した中国という国とは？

アジアには面白い物語がたくさんあります。『西遊記』もそのうちのひとつです。唐*①の時代に、玄奘三蔵*②という高僧が十七年もかけて西天（天竺、インド）まで出向き、経典を受け取って都の長安に戻りました。『西遊記』は、この旅の記録がもとになっています。千三百年以上も前の冒険譚が、語り継がれ読み継がれ、その人気は海を越え、今では世界中に広がっています。この物語には、それだけの魅力があるのです。

古典は、そこに描かれた、あるいはそれが書かれた時代や社会のことを理解すると、より楽しんで読むことができると最初に述べました。玄奘は、なぜそんな大変な旅をしようと思ったのでしょうか。この物語が小説として成立したのは、大元ウルス（元）*③から明*④の時代にかけてです。実際の玄奘の取経の旅から小説として完成するまでに八〜九百年くらいかかっていますが、それはどうしてでしょうか。

まずは、唐の時代よりさらに古い時代まで遡って中国の歴史を解説しようと思います。『西遊記』が成立した中国という国の複雑さと豊かさがよくわかるように。では、

＊①唐

中国の隋に続く統一王朝。六一八〜九〇七。首都は長安。副都が洛陽。隋末に各地で起こった反乱のなかで、李淵・李世民父子がリーダーとして建国。鮮卑拓跋部（後述）の王朝であり、隋の煬帝と李淵は、いとこ同士である。大きな世界帝国として、世界の文化の集結地ともなった。

＊②玄奘三蔵

中国、唐代初期の僧。西域、インドへの求法僧。一般には三蔵法師という尊称で知られる。洛陽に近い陳留郡（河南省）に生まれ、十三歳で出家。仏典に親しみさらに深く仏教について学ぶため、本場の学者から回答を得ようと、インド留学を決意。太宗治世下の六二九年に国禁を冒し、インドに向かう。天山山脈の北路からアフガニスタンを

始めましょう。

遊牧民と農耕民による興亡の歴史

中国では古くから、西北から入ってくる遊牧民と、定住している農耕民がせめぎ合いを繰り返してきました。10～11ページの地図を見てください。中国には、二つの大きな河が流れています。北にあるのが黄河で*⑤、南にあるのが長江です*⑥。温暖な長江流域では稲作が発達していました。中国は畑作文化による黄河文明で語られることが多いのですが、中国の底流をなしているのは、黄河文明と、稲作を中心に発展した長江文明なのです。

黄河の北にあるモンゴル高原からハンガリー大平原までをユーラシア大草原と呼んでいます。この大草原地帯には、さまざまな遊牧民が暮らしていました。

地球は、長期的な気候の変動を繰り返しています。暖かくなったり、寒くなったりしているのです。地球が寒冷化したら、ユーラシア大草原で暮らす遊牧民は、どのよ

経て北インドに入り中インドのマガダ国ナーランダ大学に至る。インド各地に求法と仏跡巡礼の旅を続け、多数の仏典を得て帰路についた。多数の仏舎利・仏像・経典を携え、六四五年に長安に帰り、大変な称賛とともに出迎えられる。弟子に編述させた旅行記『大唐西域記』、伝記『大唐大慈恩寺三蔵法師伝』は、七世紀の西域・インドを知る貴重な文献。

＊③ 大元ウルス（元）

中国を支配したモンゴル族の王朝。一二六〇（七一）～一三六八。一二六〇年に即位したモンゴル帝国第五代カアン（皇帝）のクビライが、一二七一年、新しく名づけた国号をいう。正式には「大元イエケ・モンゴル・ウルス」＝大元大モンゴル国、略して大元ウルスという。ウルスとはモンゴル語で「国家」を意味する。かつては、中国風に「元」と呼ばれていた。

うな行動を取るでしょうか。暖かい南方へ移動を始めます。寒さから逃れるため、彼らは南に向かい、天山山脈*⑦にぶつかります。羊や馬を連れているので、山を越えるのはしんどい。

そこで東に向かうグループと西に向かうグループにわかれます。東に向かった人たちは、中国に入って行きます。すると、それまで農業をしていた農耕民たちの多くは、南に逃れます。たくましい遊牧民とケンカをすれば負けるに決まっていますから。しかし、逃げてしまう人ばかりでもありません。遊牧民と共存した人もたくさんいたのです。

そもそも、黄河の中流地域から紀元前十六世紀頃に興った中国古代の王朝・商*⑧(殷)では、メソポタミアで生まれたチャリオット*⑨と呼ばれる戦車が使われていました。これはおそらく遊牧民が伝えたのでしょう。当時から存在が認められる宦官*⑩も、もとは遊牧民の風習だといわれています。

いっぽう、長江で始まった稲作文化はこの地にも及んでいました。商の時代の青銅器には、怖い怪獣の顔のようなもの(獣面紋)が彫られているのですが、これは

***④明**

一三六八~一六四四。中国の江南を根拠地として、モンゴル族の支配した大元ウルス(元)を倒し、朱元璋が創建した漢人(漢民族)による中国の統一王朝。

***⑤黄河**

中国第二の大河。中国北部の大平原を流れ、黄海まで注ぐ。全長約五千四百六十キロメートル、流域面積約七十五万二千四百平方キロメートル。畑作から始まった「黄河文明」はその名のとおり、この川の賜物である。

***⑥長江**

中国第一の大河。チベット高原北東部から東シナ海に至る。全長約六千三百キロメートル、流域面積約百万八千五百平方キロメートル。「揚子江」は下流部の地域名称だが、日本をはじめ、これを長江の呼称としている国も多い。

おそらく農耕を司る太陽神から進化したものでしょう。このように黄河文明は、遊牧民の文化と長江の稲作文化の影響を受けていることがわかります。

また、商の後に興った王朝（周）も遊牧民系の王朝だといわれています。こうして、西北から入ってくる遊牧民と、もとから暮らしている農耕民が対立したり、融合したりするのを繰り返してきたのが中国の歴史の大きな流れです。

開放的な遊牧民国家の誕生

紀元前二〇二年から約四百年続いた漢帝国*⑪は、長江の下流域（楚）から興った農耕民の国です。海路を通じて繋がったローマ帝国と盛んに交易を行い、そのおかげで両国の中継地になったインドでは商業が発達しました。漢の人口は、一時期約六千万人にまで増えます。

ところが二世紀から三世紀にかけて、地球が寒冷化して大凶作に見舞われ、人口が激減します。大国をマネージする軍隊や官僚組織を維持できず、中国は三国に分

一般に黄河流域の平原を「華北」、長江流域の平原を「江南」と呼ぶ。

＊⑦天山山脈

中央アジアを東西に走る山脈。全長約二千五百キロメートル。標高およそ四千～六千メートルの並行した山列からなる。南北の山麓オアシス群は、シルクロードの天山北路・南路の要地として栄えた。

＊⑧商

殷。紀元前十六世紀頃～前十一世紀半ばまで存在していたと考えられる中国の古代王朝の名称。自らを「商」と称し、これを滅ぼした周王朝は前代の王朝を「殷」と呼んだ。現在の中国では「商」と呼ぶことが多い。

▲青銅器の獣面紋

裂してしまいました。そこに東へ向かった遊牧民が入ってきます。南下した遊牧民たちが中国を支配していた時代が五胡十六国*⑫時代です。

このとき西のヨーロッパに向かった遊牧民が、いわゆる「ゲルマン民族の大移動*⑬」を引き起こしたといわれています（実際には、ゲルマン民族という共通項が見出せず、現在では「ゲルマン民族の大移動」という表現はあまり使われていません。「諸部族の大移動」と呼ぶほうが正確でしょう）。

四世紀には、モンゴル高原を中心とする遊牧国家鮮卑から興った有力部族、拓跋部の人たちが北魏*⑭を建国します。モンゴル高原から西方の大草原にかけて匈奴*⑮という大遊牧国家があって、そのあとに続いたのが鮮卑です。北魏に続く隋、唐も拓跋部の人たちがつくった国家なので、これらは拓跋国家と呼ばれています。

中国では、遊牧民の人たちが中心になって国をつくれば、開放的になり、もとからいた農耕民が国をつくれば、遊牧民の侵入を防ごうとしますから、閉鎖的になります。万里の長城を築いたのは秦の始皇帝*⑯です。秦は、遊牧民と農耕民の要素を併せ持つ国でしたが、史上初めて中国を統一した始皇帝は国境線を明示したかったのでしょう。

＊⑨チャリオット

古代のメソポタミアや、中国などで用いられた二頭立て二人乗りの二輪戦車。一般的に「戦車」と訳される。中国では現在でも「戦車」といえばチャリオットのことをいう。戦闘・狩猟・競走などに用いられた。

＊⑩宦官

古代から世界各国で、宮廷や貴族に仕えた、去勢された男子のこと。古代オリエントにはすでに存在し、西アジアから中国に伝わったと考えられる。紀元前一三〇〇年の商の時代には既に

隋や唐は、万里の長城のようなものには興味を示していません。彼らは北から遊牧民がやってきても「みんな仲間やないか」と思っていたのでしょう。（ちなみに、現在の万里の長城の大半は、農耕民系の国である明の時代に築かれたものです。）

唐の時代は、交易が盛んに行われました。各地から外国の人びとがたくさんやってきて、都の長安には、ペルシャ人、アラブ人、インド人、日本人などの外国人が十万人以上、居住していたともいわれています。唐は、世界に開かれた国家でした。

イスラーム帝国に滅ぼされたサーサーン朝ペルシャ*⑰の亡命政権も長安にありました。サーサーン朝最後の君主ヤズデギルド三世*⑱が殺害され、息子のペーローズは、いったん中央アジア（現在のアフガニスタン）にとどまり、その後長安に向かいます。当時の皇帝高宗はこれを迎え入れました。後に黄巣の乱*⑲では、一万人を超えるムスリム（イスラーム教徒）が殺害されたといわれていますが、そのときすでにそれほどの人数のムスリムが中国にいたということです。

僕はいつも、「ものごとは、タテとヨコで考えるとより理解が深まる」と思っているのですが、この場合、タテというのは時間軸、つまり歴史軸のことで、ヨコという

存在していた。中国では近世～近代に至るまで、宮廷の政治に大きな影響をもたらした。

＊⑪漢

中国の統一王朝。西漢（紀元前二〇二～紀元八）と東漢（二五年～二二〇）の二つの王朝を総称して「漢王朝」と呼ぶ。また、ここから転じて、中国全土そのものや中国の主要民族を指す名称ともなった。中国初の統一王朝だった秦が紀元前二〇六年に滅亡すると、中国は群雄割拠の状態に陥った。劉邦（高祖）が紀元前二〇二年に中国を再統一し、皇帝として即位した。

＊⑫五胡十六国

四世紀から五世紀初頭の中国北部（華北）に興亡した国家群、ならびにその時代名。五胡とは匈奴、羯（匈奴の別種）、氐、羌、鮮卑を指す。十六国中には漢人の国も含まれる。四三九年、鮮卑の北魏（p.22注⑭）によって華北が統一される。

のは地理的な広がりです。中国を知るためには、まずこうしたことを頭に入れておくと、より深く理解ができるのです。

『西遊記』では、玄奘が唐の皇帝太宗＊⑳と出会う様子が次のように描かれています。

大唐国の長安は、代々の帝王がここに都をおいて、花美しく、川ゆるやかな、天下第一等の地であった。いまは太宗皇帝のみ代、年号を貞観といい、即位以来十三年めにあたっている。

仏教をあつく信仰している太宗は、大法会をいとなむべく、天下におふれを出して、徳のある僧をあつめた。その中からすぐれた高僧一名をえらばせたが、そのえらばれた僧というのは、玄奘法師といい、徳行も高く、あらゆる学問に精通していた。そのうえ、すべての経文を唱えることができるという、りっぱな僧であったので、太宗もひじょうによろこばれた。

＊⑬「ゲルマン民族の大移動」

ゲルマン民族（人）とは、インド＝ヨーロッパ語族のゲルマン語系に属する二世紀からヨーロッパに侵入を開始した諸部族の総称。もともとはバルト海沿岸に住んでいた。大移動とは、四世紀半ばになって、人口増加による土地不足に加えて、東方の大草原方面から現れたアジア系遊牧民フン族（匈奴系）の圧迫や恐怖感から、移動を始めたことをいう。

＊⑭北魏

中国の南北朝時代の北朝の主要王朝で、遊牧民の鮮卑の中の有力部族、拓跋部が四世紀末からおよそ百五十年間華北に建設した王朝。拓跋部は五世紀末に胡風（遊牧民の風俗）を禁じ、中国風を奨励する政策を推し進めた。

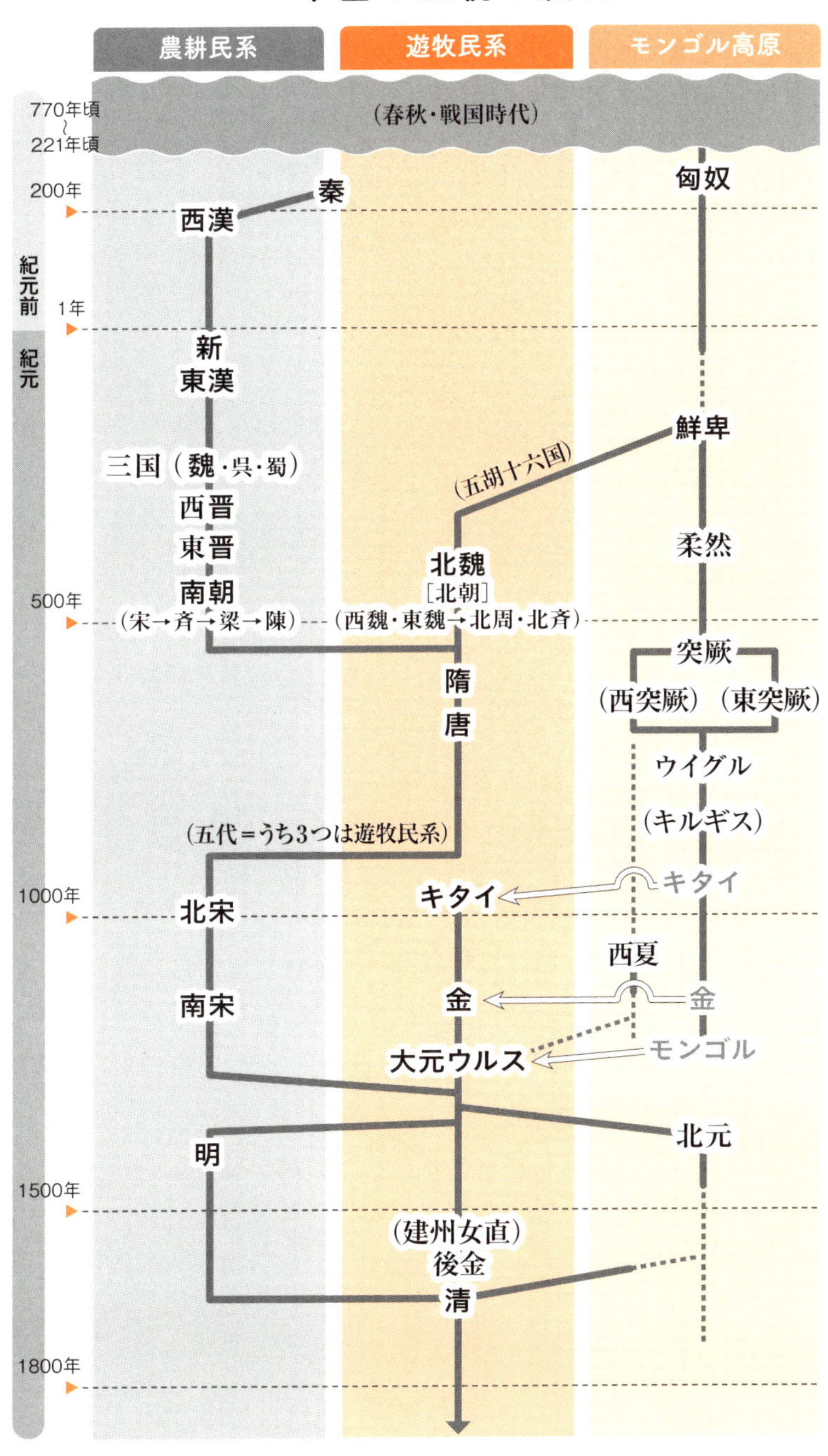

中国の王朝の流れ
農耕民系
遊牧民系
モンゴル高原
770年頃〜221年頃
（春秋・戦国時代）
200年
秦
西漢
匈奴
紀元前
1年
紀元
新
東漢
鮮卑
三国（魏・呉・蜀）
（五胡十六国）
西晋
東晋
柔然
北魏
［北朝］
500年
南朝
（宋→斉→梁→陳）
（西魏・東魏→北周・北斉）
突厥
隋
（西突厥）
（東突厥）
唐
ウイグル
（キルギス）
（五代＝うち3つは遊牧民系）
キタイ
キタイ
1000年
北宋
西夏
南宋
金
金
大元ウルス
モンゴル
北元
明
1500年
（建州女直）
後金
清
1800年

当時の唐の華やかな雰囲気が伝わってくるでしょう。実際の玄奘三蔵は、出発前に太宗との謁見がかなったわけではありませんが、帰国した際には盛大なもてなしを受けています。太宗が仏教を大切にしていたのは事実で、拓跋国家は、仏教をあつく保護していました。その理由について説明します。

「君主」を叱咤する「天」という存在

中国には、孟子*㉑が唱えた「易姓革命*㉒」という思想があります。古くから中国では、気候や天変地異と治世を関連づけることで、王朝の交代を説明してきました。易姓革命は中国を理解する上で、とても重要なキーワードです。

君主が悪い政治をしたら、「天」（空の上にいる神さま）が怒って大雨を降らして大洪水を起こしたり、あるいは日照り続きで旱魃を起こしたりする。それは、天が君主に向かって「もっとしっかりせい」といっているのだと説明するのです。本当はそんなことがあるはずはないのですが。

＊⑮匈奴

紀元前三世紀末から紀元後一世紀末頃まで、モンゴル高原や万里の長城地帯を中心に活発に行動した遊牧民および、それが形成した国家の名称。チャリオットを中国に持ち込んだのは匈奴の祖先の遊牧民とされる。

＊⑯秦の始皇帝

紀元前二五九～前二一〇。中国戦国時代の「七雄」のひとつ秦の王であり（在位紀元前二四七～前二二一）、中国を統一して初代皇帝となった（在位紀元前二二一～前二一〇）。世界に先駆けて中央集権国家を築いた名君。さまざまな内政改革や公共事業を行った。

そこで君主が反省して立派な政治を行えるかというと、なかなかそうはいきません。凶作で生活が苦しいのは気候のせいです。しかし農民たちは、君主のせいだと叛乱を起こします。そして次の立派な君主を選んで、新しい王朝をつくるのです。今でいえば、実質的には人民主権ですね。

本当は単に寒くなっただけなのに、「君主がろくな政治をしないから、天が警告を与えたのだ。それでも改まらないから農民たちが叛乱を起こした。それは新しい君主に変われと天が命令したということだ」というものです。つまり世の中のことは、すべて天が決めているという考えです。

新しく君主になるのは、たいてい叛乱を起こした農民たちの大将です。新しい君主は、自分がなぜ君主になれたか、これでうまく説明がつきます。

易姓革命とは、天命によって王朝が革まる、君主の姓が易わる、というもので、こうした革命思想をもとに中国の王朝は変わっていきました。例を挙げると、漢の初代皇帝の劉邦もそうで、この考え方を用いて自分たちの正統性を説明しています。

中国では、歴史を記録する慣習があります。西漢の時代の歴史家司馬遷*㉓による

＊⑰ サーサーン朝ペルシャ

二二四年から六五一年まで、四世紀以上にわたって西アジアの大半を支配し、イスラーム帝国によって滅ぼされたイランの王朝。イラン南西部のオアシス国家イスタフル（古代のペルセポリス）の祭司長サーサーンの子孫が建国した。絢爛なその文化は、西は（東）ローマ帝国からヨーロッパ各地に、東はインド・中央アジア・中国、ひいては日本にまで影響を及ぼしている。

＊⑱ ヤズデギルド三世

サーサーン朝ペルシャ最後の皇帝（在位六三二〜六五一）。イスラーム帝国に敗れてサーサーン朝は滅亡した。息子のペーローズ三世は唐の長安で亡命政権を作り、六七九年、唐の支援を得てペルシャに帰還しようとしたが、その最中に死去。

『史記』[24]に始まり、二十四史[25]が正史として認められています。王朝が変わると、最初の仕事として前の王朝のことを記録するのですが、易姓革命の思想によれば、前の王朝の最後の君主は、商の紂王や隋の煬帝のように、限りなく悪く書かれることになります。そうしないと、自分たちの王朝の正統性を主張できません。中国の歴史を学ぶときは、この点に注意をしたほうがいいでしょう。

ところで、日本の天皇家に姓がないことは、みなさんご存知ですね。佐藤、鈴木、田中といった姓がありません。その理由に、「姓がなかったら王朝が変わらずにすむと考えたからだ」という見方もあります。姓があったら天から変われといわれてしまうかもしれない。だから姓がない——。本当のところはわかりませんが面白い解釈ですね。

遊牧民国家が頼りにした仏教

北魏をつくったのは、鮮卑の拓跋部だということはすでにお話ししました。彼らは

＊⑲黄巣の乱

唐末の民衆反乱。黄河流域から広東に至る広大な地域が戦乱に巻き込まれ、唐朝滅亡の原因となった。反乱の指導者、黄巣は塩の密売を生業とする侠客で、科挙試験に失敗して腐敗した唐朝への不満を募らせたとされる。

＊⑳太宗

李世民。唐の第二代皇帝（在位六二六～六四九）。隋の煬帝の失政によって各地に反乱が起こった際に、父・李淵を説得して挙兵に踏み切らせ、唐を興した。太宗は煬帝の失敗に学び、名臣である魏徴らの意見に耳を傾け、その治世は年号にちなみ「貞観の治」と称えられる。群臣との政治問答はのちに『貞観政要』という書名で編纂され、いまでもリーダーシップ論の古典としてよく読まれている。

もともと遊牧民で、農耕民としての「中国」人ではありませんから、自分たちが「中国」を征服して統治するに至った理屈づけを探していました。単にケンカが強かっただけでは格好がつきません。

しかし易姓革命は、「農耕民の中国人」の思想だから自分たちには当てはまらない。北魏の人はきっと真面目だったのです。僕たちは「外国人」なのになぜ君主になれたのかと考えました。人間というのは建前や、なぜこうなったかを考えずにはいられない動物なのです。特に人びとを治めるには、みんなが納得する正統性が必要なのです。

拓跋国家に最適の答えを与えてくれたのが、西から入ってきた仏教の「鎮護国家」の思想でした。仏教に沿って解釈すれば、君主は盧遮那仏*㉖で、軍隊や官僚、家来たちは菩薩、中国の人民は救いを求めている衆生だ、というのです。拓跋部は仏教に飛びつきました。そして仏教を大事にしたのです。

北魏に続く隋、唐も拓跋国家ですから仏教を大事にしました。玄奘三蔵が活躍した唐で仏教が盛んであったのは、国家が仏教の枠組みを利用していたからです。この時

＊㉑孟子

中国、戦国時代の思想家。力により富国強兵を図る覇道では人心を掌握できず、仁愛による王道によってこそ民心を獲得し、天下を治められるとした。

＊㉒易姓革命

孟子によって体系化された中国における王朝交代の正統性を担保する理論。王朝の支配者にはそれぞれ一家の姓があるから、王朝が変われば姓も易わる（＝易姓）。徳を失って天から見放された前王朝を廃することは、天の命を革める行為である（＝革命）。したがって、このような革命による新王朝が興ることを「易姓革命」と呼んだ。

代は、一番上にあるのが仏教で、中国古来の神さまはそれよりも下位になります。『西遊記』には、このあたりの状況や事情が反映されているのです。

中国の雲崗*㉗や龍門*㉘には、大きな石窟寺院があって、世界遺産に登録されています。龍門の盧遮那仏の顔は、長い間、武則天*㉙の顔にそっくりだと伝えられてきました。これらの石窟寺院を見たら、当時の拓跋国家がいかに仏教を大切にしていたかがよくわかります。

同じことを日本も真似ています。奈良の大仏は、盧遮那仏です。この時代は日本も唐のように、仏教で国家を治めようとしていました。拓跋国家は日本にも大きな影響を与えています。奈良の都は「平城京」と呼ばれていましたが、平城とは、北魏の最初の都の名前です（現在の大同）。

ところで、仏教はインドが発祥の地ですから、中国に入ってきている経典では仏教の全てがわかるわけではありません。そこで、玄奘は仏教の全容を解明するためには、インドに行かなくてはならないと考えたのです。

＊㉓司馬遷

中国、西漢の歴史家。生没年不詳。その生涯はだいたい漢の武帝の治世（紀元前一四一～前八七）とほぼ重なるとされている。紀元前一〇八年、父に次いで太史令に任ぜられた司馬遷は、まず暦の改正に従事し、父の遺言に従って通史の編纂に着手した。後に武帝の激怒を買い、刑に処せられたが、復帰後は通史の著作に全力を傾注し、『史記』を完成させた。

＊㉔『史記』

司馬遷が書いた、古代の伝説上の「黄帝」から西漢の武帝に至るおよそ二千数百年にわたる通史。歴代王朝の編年史である本紀十二巻、年表十巻、部門別の文化史である書八巻、列国史である世家三十巻と、個人の伝記集である列伝七十巻からなる。当時の中国を中心として、知られていた限りの全ての世界の歴史を総合的・体系的に叙述したもの。

東アジアの「鎮護国家」の仏教旋風

▲雲崗石窟

▲奈良の大仏（東大寺）

▲龍門石窟

『西遊記』にもこんな描写があります。


経を講じていた玄奘に、みすぼらしい坊主が近づいて声をはりあげ、

「和尚は、小乗の教法だけを説いておられるが、大乗についてはいかがであろうか。」

それをきくなり玄奘はひそかによろこび、ひらりと台をとびおりて、

「おそれいりました。大乗の教法のいかなるものであるか、わたくしにはわかりませぬ。」

「小乗では亡者をすくうことはできぬ。（略）

それには、大西天は天竺国の大雷音寺、釈迦如来のもとにある三蔵の大乗仏法でなければならず、これではじめて、人々がすくわれるのです。」


「小乗」という言葉は「大乗」の側からの古い呼び方で現在ではあまり使われていません。それに代わって「上座部仏教」という呼び方が一般的です。原始仏教のことです。

＊㉕二十四史
正史。『史記』以降に編まれた中国各王朝の歴史叙述として公認された二十四の紀伝体（史記のスタイル）の歴史書のこと。伝説上の帝王「黄帝」から明滅亡の一六四四年までの歴史が二十四史によって記述されている。

＊㉖盧遮那仏
毘盧遮（舎）那仏の略。もともとは「輝くものの子」を意味するサンスクリット語の音写である。仏の悟りの広大さを象徴する。『華厳経』の本尊。「奈良の大仏」もその造形である。

ともあれ、こうして玄奘は、西天へと旅立ちます。実際の玄奘がインドに向かった唐の初期は、国外への出国が禁じられていましたから、簡単なことではありませんでした。禁を破ってまでひとりで旅立った玄奘は、ものすごい冒険家、チャレンジャーです。玄奘の大変な行程は、10～11ページの地図を見てください。

ここでひとつ注目してほしいのは、歴史の同時性です（p.43補講❶も参照）。インドはとても大きな国ですが、いつもまとまっていたわけではなくて、小さな国が乱立しては互いに争い、治安が乱れることがたびたびありました。

ところが七世紀前半には、たまたま、ハルシャ・ヴァルダナという有能な君主があらわれて、彼の在位期間はインドが非常に安定していたのです。唐にも太宗という立派な皇帝があらわれて、彼の治世は国が安定していました。

長い歴史の中では、玄奘だけがインドに勉強に行こうと考えたわけではないのでしょう。その前後にもインドで学ぼうとした人がたくさんいたかもしれません。当時はインターネットもテレビもないので、インドがどういう状況なのか、出発前に調べることはできません。インドに行ってみたら戦争の最中で、勉強どころか、流れ矢

＊㉗雲崗

雲崗石窟は、中国山西省大同の西十五キロメートル、武州川の北岸の断崖に造られた北魏の石窟寺院。二〇〇一年、世界文化遺産に登録された。石窟の全長は約一キロメートルにおよび、龍門石窟と並ぶ大石窟である。鮮卑拓跋部が先進的な文化を持つ農耕民（漢族）を支配するにあたり、仏教の鎮護国家の思想を採り入れて造られたもので仏像の顔は皇帝の似姿である。

＊㉘龍門

龍門石窟は、雲崗石窟と並ぶ中国の代表的な石窟寺院。洛陽市の南約十四キロメートルにある。二〇〇〇年に世界文化遺産に登録されている。石窟は北魏に始まり、隋・唐と続き、五代、宋にわたり造営されているが、その主要な部分は五世紀末から七世紀後半に至る拓跋国家による仏教の隆盛期に造営された。

に当たって死んでしまったら中国には帰ってこられません。

玄奘の旅が成功したのは、インドも中国もたまたま安定していた時期だったからです。インドに着いて「何しにきたんや」と聞かれて「勉強です」と答えたら、安定期だったので「そうか、じゃあ大学（ナーランダ大学）に案内したるわ」となったのです。ハルシャも玄奘を保護しました。

今の世界の紛争地域のような状況だったら、わざわざ訪ねて行っても勉強どころではありません。命を落としかねません。

これを歴史の同時性、偶然というのです。歴史というものは偶然の要素がとても大きいということがわかるでしょう。

ハルシャが死んだあと、インドはふたたびバラバラになります。だからハルシャがあと何年か早く、あるいは遅く生まれていたら、玄奘の旅はうまくいかなかったかもしれません。

それにしても六二九年に唐を出国してから六四五年に帰国するまで、十七年もかかっているわけですから、インドに行き、さらにインドのあちこちで勉強するのはと

＊㉙武則天

唐の第三代皇帝高宗の皇后。自ら国号を「周」と改め、女帝となった（在位六九〇～七〇五）。はじめは太宗の後宮に入り、太宗の死後尼になっていたところを高宗に見出され、皇后となった。病弱な高宗に代わって約半世紀にわたって唐を領導した。科挙を活用して、有能な人材を登用したことで知られる。

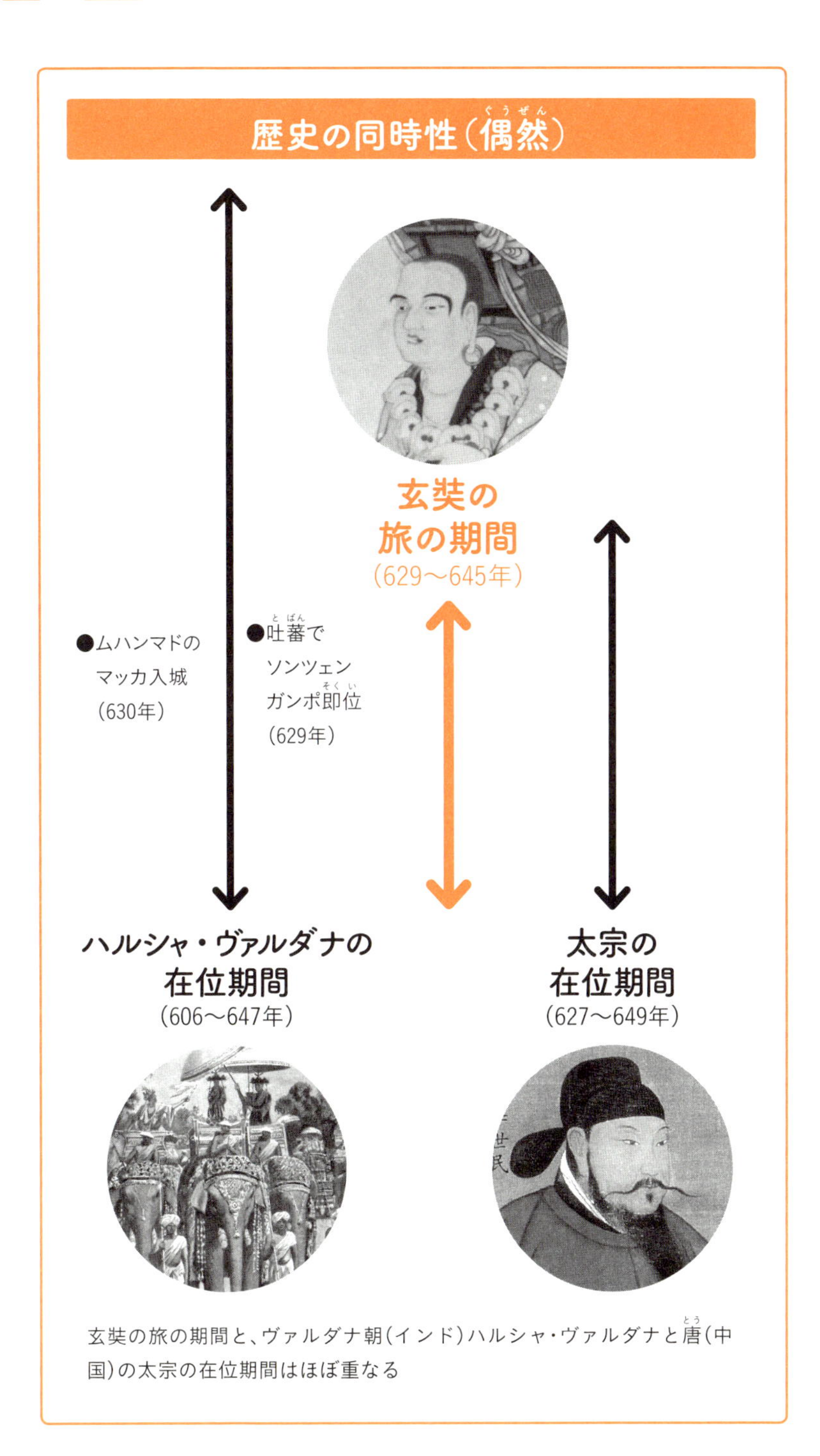

玄奘の旅の期間と、ヴァルダナ朝(インド)ハルシャ・ヴァルダナと唐(中国)の太宗の在位期間はほぼ重なる

ても大変だったことでしょう。玄奘は、この旅の記録を残しています。それが『西遊記』のもとになった『大唐西域記』*㉚です。

夜遊び解禁が口語文学の発端に

そこから四百年ほど経った十世紀に、宋という国ができます。日本では、おおよそ平安時代の藤原道長の時代です。唐から宋にかけて中国は飛躍的に発展します。これを唐宋革命*㉛と呼んでいます。

大帝国であった漢や唐の時代、中国の人口のピークはおよそ六千万人ほどでした。それが宋の時代になると一億人に増えます。気候が温暖化して、長江のあたりではチャンパ米*㉜というベトナムの米が植えられるようになり、これまでの約半分の期間で米が収穫できるようになりました。これは画期的な農業革命で、二期作や二毛作*㉝ができるので、単純に考えても収穫が二倍になります。

それで人口も約一億人に増えました。ということは、中国がとても豊かになったと

***㉚『大唐西域記』**

玄奘がインドへの留学とその旅の途中の見聞を語ったものを、弟子の弁機が筆録した十二巻からなる書物。帰国の翌年、六四六年に記された。玄奘の歩いた順に、百三十八か国にわたって、地理・風俗・産物・言語・伝承、そして仏教事情が述べられている。当時の政治や民族についての貴重な資料となっている。

***㉛唐宋革命**

唐宋変革ともいう。唐から五代十国を経て宋に至る中で、大きく変革した中国社会のありようを示す。唐代までの貴族層が滅び、科挙による人材登用を柱とした皇帝独裁による政治革命、生産力の向上による農業革命、コークスの利用による火力革命、水運の発達による海運革命などの大変革が起きた。また、高度成長により銅銭が飛躍的に出回るようになった。都市が不

「清明上河図」宋の都、開封の街のにぎやかさを伝える

夜城となり、喫茶（飲茶）の習慣が広がったのも宋の時代である。

＊㉜チャンパ米

占城稲。十一世紀初期の宋代に中国に輸入され普及した稲の長粒種。干害・塩害に強く、やせた田で育ち、晩稲が約百二十日で成熟するところを五十〜百日で熟した。そのため急速に華中・華南に広がった。チャンパ米の普及で傾斜地や干拓田の多い江南の稲作が安定し、人口の増加や産業の発展による、高度成長がもたらされた。

＊㉝二期作・二毛作

早稲であるチャンパ米の導入により、主に暖かい江南で広がった耕作の形態。一年の間に稲と麦を育てること（二毛作）や、稲を二回育て収穫すること（二期作）。二年三毛作（二年の間に稲—麦—大豆を育てること）もある。

いうことです。米などの穀物の収穫が二倍になって、人口も二倍近く増えたら、お金が回るので経済が発展するというのはよくわかりますよね。

コークス*㉞ができたのもこの頃です。中国料理は、強い火力で炒めものをしますが、それを可能にしたのはコークスですし、純度の高い鋼を生産できるようになったのもコークスのおかげです。

そして宋の都、開封*㉟では夜に明かりが灯り、不夜城になりました。長安で出されていた夜間の外出禁止令も廃止され、都の人たちは豊かさを享受するかのように夜遊びを始めたのです。それまでは夜になれば、家で寝るしかなかったのですが、この時代の人たちは夜でも活動ができるようになりました。

夜遊びには何が必要でしょうか。お茶を飲むところが必要ですから、喫茶店が流行します。仲間や家族と一緒にご飯を食べたりお酒を飲んだりしたいし、映画館などもあったほうが楽しい。でも当時は映画などはまだありませんでした。

当時、現代の映画のような役割を担ったのが講談*㊱です。講談は、今でいう漫才やお笑いといった演芸のようなものといえばわかりやすいでしょうか。講談師は、明石

***㉞コークス**

石炭を約千度で乾留して、その揮発分の大部分を石炭ガスとして放出したあとに残る固体燃料のことをいう。製鉄にもコークスが使われたことから、さまざまな産業の発展をみた。

***㉟開封**

中国六大古都のひとつで、五代十国のひとつ後梁以来、いくつもの王朝が都を置いた。東京、汴京などとも呼ばれた。隋が開いた大運河の結節点で、洛陽方面への補給を担う政治や経済の要所となった。宋もここを開封と称し都とした。当時の人口は百万を超え、張擇端の『清明上河図』（p.35）などでその隆盛の様子が窺える。

家さんまさんや笑福亭鶴瓶さんのような芸人さんです。面白い話を聞かせてくれるので、どんどん人が集まります。

仕事を終えて夜になっても町が明るいわけですから、仲間やボーイフレンド、ガールフレンドと遊びに行って、講談を聞く。美味しいご飯を食べてお酒を飲んで帰る、と。開封の街はめっちゃ楽しそうです。

講談師は、話すネタをどこから持ってきたのか。そのうちのひとつが玄奘三蔵の『大唐西域記』だったのではないでしょうか。

ウケを狙うから表現が大げさになる

玄奘の旅を例えばさんまさんが話すと、どうなると思いますか。仮に玄奘三蔵が旅の途中で、五十センチくらいの大きい蛇に出逢ったと書いていたとしましょう。でも夜にお酒が入った席で観客に向かって喋るとしたら、五十センチの蛇が出てきて驚いたのでは、あまり面白くはない。そのときはきっと「蛇が出てきたんやけど、

＊㊱講談

講話とも。宋時代の中国で、市井において一連の物語を語って聞かせた話芸のことをいう。経済の発展にともない開封などの大都市では瓦舎といわれた寄席で「説話」と呼ばれる講談が流行した。その台本が話本。はじめは講釈師の便宜のためのメモであったが、後にそれが商業出版の対象となる。

それが長さ五メートルもある大蛇やねん！」となるでしょう。そのほうが話は面白いですから。

『西遊記』を読んでいると、途方もなく大きな単位の数が出てきます。孫悟空が石に閉じ込められていた期間は五百年ですし、西王母の育てる三種類の蟠桃（桃）は、熟すのにそれぞれ、三千年、六千年、九千年かかります。孫悟空の觔斗雲*㊲は、ひとっ飛びすると十万八千里（五万キロメートル以上）を飛びます。

悟空は、腕前をしめそうと、足をふまえ、もんどりうつと地上から五、六丈はなれたので、雲をふんで、しばらく空をかけまわり、なんべんかくり返したが、それでもきょりは三里もいかず、祖師の面前に落ちた。（中略）

「お師匠さま、徹底第一と申します。いっそお慈悲をもちまして、その騰雲の法をご伝授くださいませ。」

「およそ諸仙の騰雲なるものは、みな、けり足から出発するようじゃが、おまえは、見るところ、足をふまえてもんどりうってとびあがった。そこで、おまえに

＊㊲觔斗雲

孫悟空の乗る雲のこと。觔斗とは、とんぼ返りのことで、孫悟空が雲に乗る時に、とんぼ返りをしてから飛び上がったため、仙人は、一般的な「騰雲の法」ではなく、「觔斗雲の法」を授けた。そのため雲もその名で呼んでいる。

むくように、『觔斗雲の法』をさずけよう。」
といって、その秘伝を教え、たちまちに、十万八千里を行く方法を学ばせた。

演芸場や芝居小屋で話すために、話を大きく膨らませたのでしょう。三里も飛べなかったという孫悟空が、いきなり十万八千里も飛べるようになるのです。聞く人も本当かどうかはどうでもよくて、面白い話が聞ければいい。講談師もそのほうが人気が出るので、どんどん話を大げさにして面白くしたのだと思います。まさに唐の時代の詩人、李白の詠んだ「白髪三千丈」の世界です。また、仏典などには途方もなく大きな数が出てきますが、『西遊記』も仏教に関わる話ですから、大きな数が出てきたという側面もあるのでしょう。

行程も実際の玄奘の旅とは、まるで違っています。宋の時代、そしてさらに後世の文化や流行に大きく影響を受けているからです。真面目な人は『西遊記』の旅程を地図で辿ろうとするかもしれませんが、整合が取れなくて大変なのでやめてください。これは語りものであることから来ています。一回の講談でひとつの話を終えたら、「続きはまた今度」としていたからなのです。話すほうも聞くほうも前回の話との整合性をほとんど気にしていませんでした。大切なのは、いかに「おもろい話」にするかということでした。

『西遊記』は、ひとりの作者が机に向かって書いた物語ではなくて、もとになった旅行記を「語り」から発展させたもので、『水滸伝』や『三国志演義』も同じ時期に、同じような過程を経て成立しています。今と同じで、勇ましいヒーローものが好きな人は『三国志演義』、愉快な冒険ものが聞きたい人は『西遊記』と、好みや気分で選んでいたかもしれませんね。

講談やお芝居（戯曲）として、人気を博していた『西遊記』が小説という形式でまとめられたのは、大元ウルスの時代に入ってからのことです。現在でいう「ノベライズ」のようなものだと思えば、イメージしやすいかもしれませんね。明の時代には、現在の形に近い長編小説になっています。作者とされている呉承恩は明代の人物で長編小説にまとめる段階で何らかの功績を残したのかも知れませんが（確証はありません）、彼の創作でないことは明らかです。

第1講では、『西遊記』が生まれた中国という国の歴史や『西遊記』の成立の過程についてお話ししました。古典というと、構えてしまう人がいると思いますが、作品の背景がわかるとぐっと理解が深まるということがわかってもらえたでしょうか。

生徒のみなさんにも感想を聞いてみましょう。

――『西遊記』には、やたらと大きな数字が出てくるのが気になっていたのですが、理由を知って、見方、感じ方が変わりました。

――ある本に「古典の作者も今を生きていた」とありました。この言葉は、私たち読み手にとっては昔のことでも、作者にとっては今だった。だから古典はその時の人々の感性に戻る（もど）と面白いという意味が込め（こ）られていたことが、よくわかりました。

『西遊記』を読むのがどんどん楽しくなってきましたね。

第2講では、孫悟空についてお話しします。三蔵に代わって『西遊記』の主人公の座に躍り出たサルです。彼には、どんな魅力があるのでしょうか。

補講1

「偶然」がもたらす歴史の面白さ

歴史を眺めていると、歴史の同時代性（同時性）というものがあることに気づきます。偶然、何かが同時に起こったことで事態が動くことがよくあるのです。

唐の高僧、玄奘三蔵の取経の旅は、唐の皇帝、太宗とインドのハルシャ・ヴァルダナの治政の時期に重なったために、無事に成し遂げることができました。

六世紀のローマとペルシャの争いについて見てみましょう。（東）ローマ帝国※がローマからコンスタンティノープルに遷都したのは、三三〇年のことです。ローマ帝国は、諸部族の侵入に対して未開の地であった西ヨーロッパを捨てて、シリアからパレスチナ、エジプト、バルカン、ギリシャといった東の豊かな地域を統合して、繁栄しました。

ところが、六世紀にユスティニアヌス一世という誇大妄想的なところのある皇帝が、失われた西の領土を取り戻そうと、軍隊を派遣します。しかし地中海沿岸には、すでにヴァンダル、東ゴート、西ゴートなどの諸部族が自分たちの国をつくっていました。数十年かけてそれらの地を奪回したのですが、多大な兵力と財力を費やしたため国力は衰えガタガタになってしまいます。

その様子を見たサーサーン朝ペルシャは、チャンスとばかりにローマ帝国の領土に侵入してシリアやエジプトを奪取します。

しかし七世紀に入って（東）ローマ帝国にヘラクレイオスという皇帝が出て、もう一度サーサーン朝ペルシャと死闘を繰り返し、シリアとエジプトを取り戻します。その結果、ローマとサーサーン朝、つまり当時の世界の東西の横綱は二十年、三十年にわたって相撲を取り続けてくたくたになっていました。

この状況で、ムハンマドが率いるイスラーム帝国が登場します。イスラーム帝国の実力は、まだ前頭くらいでしたが、どちらの横綱も激しい戦いで疲れきっていましたので、倒すことはそれほど難しいことではありませんでした。

こういう経緯で、ローマを敗北させたイスラーム帝国は、六五一年にはサーサーン朝ペルシャを倒し、シリアとエジプトを奪い、大勢力になることができたのです。

たまたまその頃、(東)ローマ帝国とサーサーン朝ペルシャが疲弊しきっていたという同時代性・偶然性がなければ、イスラーム帝国はあれほど急速に大きくなることはできませんでした。

イスラーム帝国に攻められてペルシャが滅び、(東)ローマ帝国もシリアとエジプトを奪われて一気に弱体化しました。これも偶然によって起きた同時代性です。

ちなみにこれも偶然ですが、玄奘が唐を発ったのは六二九年、ムハンマドがマッカを征服したのが六三〇年で、ほぼ同時期のことでした。

※ローマからコンスタンティノープルに遷都した後、ローマ帝国は「東ローマ帝国」あるいは「ビザンツ帝国」と呼ばれるようになりました。ローマを首都としたローマ帝国と区別すること、後に宮廷や行政上の公用語がギリシャ語に変わったことなどから、学問上はこの名称を用いることが多いのですが、ローマ帝国自体は、国名を一切変更していないことから、本書では「(東)ローマ帝国」としています。

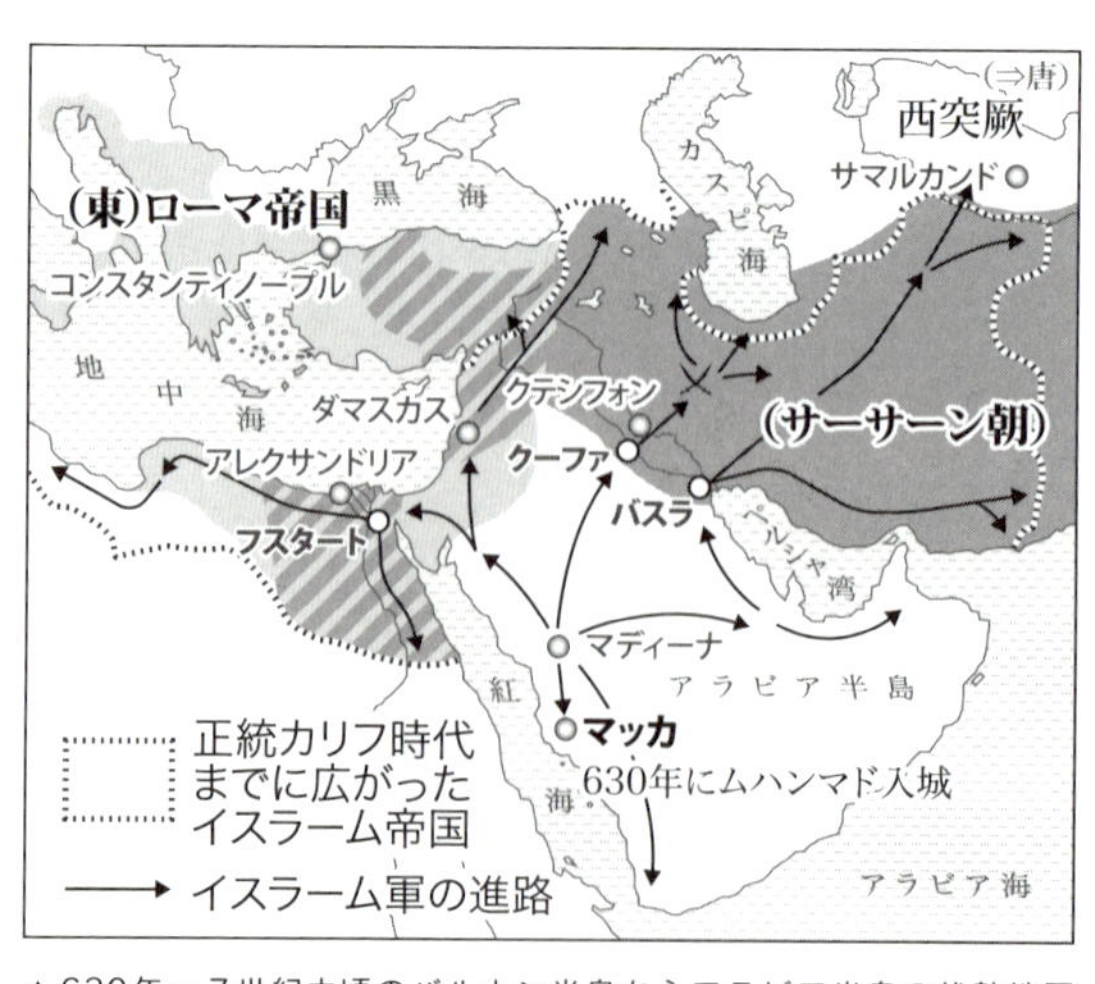

▲630年～7世紀中頃のバルカン半島からアラビア半島の状勢地図
「山川 詳説世界史図録 第2版」などを参考に作成

「孫悟空」とは何者なのか？

やりたい放題の「主役」孫悟空

『西遊記』の主人公、孫悟空がやんちゃなサルだということはよく知られている通りです。とにかくやることなすこと全てが破天荒。しかも短気で、いつも文句ばかり言っています。一般にヒーローというと、ある種理想的な人物として描かれることが多いのですが、孫悟空は、正反対のタイプといえるでしょう。

だけど、これもまた『西遊記』の大きな魅力です。立派な人が出てこない。ちょっと想像してみても、真面目なお坊さんが、真面目な弟子を連れて旅をしても、ワイワイ盛り上がりそうな感じはしませんよね。みんなが好き勝手に動いて、文句を言ったり喧嘩をしたりしながら旅をするから面白いのです。

孫悟空のハチャメチャぶりは、登場のはじめから見事なものです。道教（p.60）の最高の神でもある玉帝から管理を任された蟠桃園で、最も位の高い仙女である西王母が育てた大切な蟠桃を食べ尽くした挙げ句、さらに自分が招待されていない宴会（蟠桃会）*①に、正式に招かれている客の仙人になりすまして乗り込みます。

悟空はさっそく大仙に化けて、瑶池*②にあらわれたが、まだ客はきていない。酒や珍味がふんだんに用意されているのを見れば、もはやこらえきれぬ。だが、じゃまなのは番人。そこで毛をぬきとって、ねむり虫に変え、番人たちにとりつかせれば、見るまにそろって、こっくりこっくり。

そこで悟空は酒がめにへばりつき、飲みほうだい、食いほうだい。

「こりゃまずいわい、人に見つかったら大ごとだ。」と気づいたときには、ちどり足、どうまちがったか、斉天府ならぬ兜率天宮にまよいこんだ。あるじの太上老君はるす、かたわらには、至宝の仙丹がひょうたんの中に入っている。ちょいとしっけいとばかり、ほおばって、いり豆をかむようにすっかりたいらげてしまった。

このあと逃げるように故郷の花果山*③に帰って宴会を開くのですが、やっぱり美味しい酒が飲みたいと、ふたたび瑶池にもどって酒の入ったかめを四つも盗んで帰ります。まさにやりたい放題です。玉帝に見つかりますが、しおらしく謝るようなサルな

＊①蟠桃会

西王母の誕生日（三月三日）を祝う会で、蟠桃が振舞われる。招待されるのは、釈迦や菩薩をはじめ、地位の高い神さまや仙人たち。

＊②瑶池

伝説上の崑崙山にあった西王母の住まいのある湖。新疆ウイグル自治区の首都ウルムチ近くのボグド・オラ山中にある天池がモデルとされる。

＊③花果山

孫悟空が生まれた山。江蘇省の連雲港市近郊の雲台山中にそびえる山がモデルとされ、そこには孫悟空が生まれたという伝説のある岩がある。

ら、最初からそんなことはしません。あきれるより感心させられるほどのハチャメチャぶりで、これが『西遊記』の魅力です。

「始まり」の石は何を伝えるのか

『西遊記』の始まりは孫悟空が誕生するシーンです。孫悟空は、石から生まれました。

> **天地開闢のとき、世界は、四大州にわかれた。東勝神州・西牛貨州・南贍部州・北倶蘆州*④である。**
>
> **そのうちの東、東勝神州の海のかなたに、傲来国*⑤という国があった。そのまた海の果てに、花果山とよぶ山があり、山の頂に、高さ三丈六尺五寸、周囲二丈四尺の、ふしぎな岩が立っていた。**
>
> **ある日、とつぜんその岩がさけて、まりほどの、石の卵が生まれた。卵は風にふれると、たちまち一ぴきの石ざるとなり、目鼻や手足もすっかりそろっていて、**

***④東勝神州・西牛貨州・南贍部州・北倶蘆州**
世界の中心にそびえ立つとされる高山である須弥山を中心に、大海の中にある東西南北に位置する四つの大陸。

***⑤傲来国**
東勝神州の海の東の沖にある国。

***⑥『三国志演義』**
「三国志」は中国の正史のひとつ。全六十五巻。魏（三十巻）・呉（二十巻）・蜀（十五巻）三国の歴史を記している。魏志の「東夷伝・倭人の条」（いわゆる「魏志倭人伝」）は日本に関する最古の文献のひとつである。この「三国志」を三国の英傑の興亡として語った講談を、後に読み物としてまとめたのが『三国志演義』である。

すぐさま、よちよちと歩きまわった。

ものすごく幻想的な始まり方ですね。同じように語り（口話）から成立した経緯を持つ『三国志演義』*⑥が史実を踏まえて構成されているのとは対照的に、『西遊記』は最初からこれは架空の話、ファンタジーだということを明示しています。奇想天外な物語にふさわしい。

これがファンタジーだとしても、ひとりの作家が読みものとして書いた作品であれば、もう少していねいにストーリーをつくります。たとえば、『ナルニア国物語』*⑦なら、衣装だんすがナルニア国への入り口になっていますし、『不思議の国のアリス』*⑧は、アリスがうさぎを追いかけて穴に落ちたことから不思議の国に迷い込みます。『ドラえもん』*⑨では、机のひきだしがタイムマシンの入り口です。異界への入り口をしっかりと描くのは、読む人にとってそのほうがわかりやすいからです。「これから違う世界へ行くんだよ」と明示したほうが理解しやすいのですね。

しかし『西遊記』は語りものなので、そういう仕掛けをわざわざつくったりしませ

＊⑦『ナルニア国物語』
連合王国（イギリス、p.51注⑪参照）の文学者、C・S・ルイスによるファンタジー児童小説。一九五〇～五六年刊。第二次世界大戦中、ロンドンから田舎に疎開したペベンシー家の四人の兄弟が、疎開先の屋敷の古びた衣装だんすの奥にある入り口からナルニア国にたどり着き、雪や氷で埋め尽くされた国「ナルニア」を白い魔女から救うために戦いを繰り広げる、という物語。全七巻。

＊⑧『不思議の国のアリス』
連合王国の数学者チャールズ・ラトウィッジ・ドジソンが「ルイス・キャロル」の筆名で書いた児童小説。一八六五年刊。少女アリスが白うさぎを追いかけ

ん。いきなり、石からサルが生まれるのです。
それでは孫悟空は、なぜ「石」から生まれたのでしょうか。生徒のみなさんはどう考えますか？

——そのほうが伝説っぽくて強そう。夢がある感じがします。

——普通のサルとは違うことにしておいたほうが、そのあと話を好きなようにつくることができるから。それに、石は身近で親しみがあるから。

——人からでも動物からでもなく石から生まれたというのが地球そのものから生まれてきたように思えて、めっちゃ強いんだよ、だから神通力も使えるんだよ、という説明になりそう。

なるほど、そうですね。石（岩）には、さまざまな意味が込められています。
ところで、日本の神社では、岩がご神体になっていることがよくあります。しめ縄を巡らせた大きな岩を見たことのある人は多いでしょう。

てうさぎ穴に落ちたことから、不思議の国に迷い込み、しゃべる動物や動くトランプなどさまざまなキャラクターたちと出会いながら、その世界を冒険する。

＊⑨『ドラえもん』 藤子・F・不二雄（一九三三～一九九六）の作による一九六九年に初めて発表された日本を代表するマンガ作品およびそれを原作としたアニメーション作品。二十二世紀の未来から、何をやっても失敗してしまう小学生「野比のび太」の机のひきだしを通ってやってきた、ネコ型ロボット「ドラえもん」が繰り広げる日常生活を描く。のび太の失敗をドラえもんが「ひみつ道具」の数々でリカバリーを試みる……というのが代表的なパターン。

中国でいちばん有名な山は泰山です[10]が、これは、ごつい岩がむき出しになっている岩山です。頂上まで石段が延々と九キロメートルほど続いていて、道教の聖地といわれています。写真を次頁に載せますが、気になる人は自分でインターネットの画像検索をしてみたらいいでしょう。

日本や中国だけではなく世界中で、ものすごく大きな石や変わった形をした岩があると、「これ、ひょっとしたら神さまちゃうやろうか」と思った人が昔は大勢いたのです。連合王国[11]に残っているストーンヘンジ[12]は、大きな石を並べたものです。先ほどの意見にあった、石から生まれたと聞くと強そうだ、神通力が使えそうだというのと同じような発想を、昔の人たちもしていたということです。

中国には、『水許伝』[13]と『紅楼夢』[14]など、ほかにも石から始まる物語があります。『水許伝』は、掘り起こした石の下から星の化身が解き放たれるシーンから始まります。星は百八人の豪傑に生まれ変わり、梁山泊に集って官軍相手に戦いを繰り広げるのです。『紅楼夢』では、天が壊れたときに、女媧という神さまが天の修理に三万六千五百一個の石のうち三万六千五百個を使います。一個だけ余って、使われな

＊⑩泰山
中国の華北平原の東部、黄河の下流に位置する山東省の北部にある名山。標高は千五百四十五メートル。道教の聖地である「中国五岳」のひとつ。太古の時代から帝が、封禅（帝が天子として自分の功績を天地の神に報告すること）の儀式を行った場所である。

＊⑪連合王国
UK（ユナイテッド・キングダム、すなわち「グレートブリテン及び北アイルランド連合王国」）。イングランド、ウェールズ、スコットランド、北アイルランドの四つの国による連合国家であることから、この名称がついた。一般的にいう「イギリス」はポルトガル語でイングラ「イングレス」がなまった呼称。

石の物語る不思議な世界

▲泰山

◀日本の神社の「ご神体」
（甑岩　兵庫県越木岩神社）

▲ストーンヘンジ

※写真提供：朝日新聞社／ユニフォトプレス

いでいた一個の石が、天から下界に降りて、物語が始まるのです。

中国の五大小説*⑮のうち三つの作品が石から始まるのですが、きっとほかの国にもそういう物語はあるのでしょう。石には、人間のイメージを膨らませる何かがあるという気がしませんか。

これはつまり、人間が感じること、考えることは、時代や場所が違っても似ているということです。この授業のはじめに、人間の脳のはたらきはこの一万年それほど変わっていないという話をしましたが、これもそのあらわれのひとつでしょう。人類は、こういう共通のテクスト（文献・文芸作品）をいくつも持っているのです。

古代の世界では、主な産業はどこでも農業でした。農業にとっていちばん大切なのは太陽です。そして水があれば、作物を育てられます。だから神さまは太陽神から始まるのです。世界中に太陽を神さまとする神話や伝説がありますね。太陽神は、日本ではアマテラス、エジプトではラー、シュメールではウトゥです。それぞれの土地で同じように太陽信仰が生まれています。このことからも「人間の考えることは、だいたいどこでも同じやな」ということが、わかるでしょう。

＊⑫ストーンヘンジ
連合王国の南部ソールズベリー近郊にある、環状に列ねられた大きな石から成る、古代の祭祀遺跡。およそ紀元前三〇〇〇～前一五二〇年の間に造り上げられたと推測されている。一九八六年、世界文化遺産に登録された。

＊⑬『水滸伝』
大元ウルス末期～明初頃に成立したとされる白話（口語）長編小説で、『西遊記』と同じく中国の四大奇書・五大小説（p.54注15）のひとつ。宋末に、群盗が山東省の梁山泊にたてこもった史実にもとづく物語。百八人の豪傑が梁山泊に集まり義を誓って活躍する。

＊⑭『紅楼夢』
白話（口語）長編小説。百二十回。前半八十回は曹雪芹作。後

孫悟空はインドで生まれた？

ところで孫悟空は、なぜサルなのでしょうか。トラや龍でもよかったかもしれません。鍵になるのは、インドです。インドには、『マハーバーラタ』*⑯と『ラーマーヤナ』*⑰という有名な二大叙事詩*⑱（神話）があります。ギリシャには『イーリアス』と『オデュッセイア』があるように、どこの国にも有名な叙事詩があるのです。

『マハーバーラタ』は、バラタ族*⑲の二つの王家が王位を巡って抗争を繰り広げる物語で、「マハー」は大きい・偉大なという意味、「バーラタ」はバラタ族を指します。私たちは、この国をインドと呼んでいますが、正式な国名は、今でもバーラト（Bharat）です。

もうひとつの『ラーマーヤナ』は、困っているラーマ王子をサルの大将ハヌマーンが助ける物語です。

仏教はインドが発祥の地で、一世紀頃中国に入ってきました。中国とインドの人たちは、唐の時代よりはるか昔から行ったり来たりしていたので、インドから伝わっ

半四十回は後世による補作という。現在流布している百二十回本は清代の乾隆五六年（一七九一）刊。大貴族の栄華と没落を背景に描かれる悲恋小説。緻密な人物描写、女性の微妙な心理描写に定評がある。

＊⑮中国の五大小説
講談に由来する、いずれも明代までに書物として成立した『西遊記』『三国志演義』『水滸伝』『金瓶梅』が「四大奇書」といわれる。これに『紅楼夢』を加えた、中国の白話（口語）で書かれた五作のことを指す。

＊⑯『マハーバーラタ』
古代インドのサンスクリット語で書かれた大叙事詩で、「バラタ人の戦争を物語る大史詩」の意。はるか紀元前の昔から語り伝えられてきた伝承が整理され、修正増補されて、四世紀頃現在の形をとったと考えられ

たのは仏教だけではなく、ほかにもいろんなモノや情報が行き交っていたはずです。『ラーマーヤナ』はインドではとても有名な物語ですから、中国の人たちにも、インドの人たちから聞いた物語としてよく知られていたのではないでしょうか。

そこで、講談を物語るときに、三蔵の旅の守護役は誰がいいかなと考えたときに、「そういえばインドの昔話で王子さまを助けたのはサルやったな——それならインドに行く話なんやから、三蔵を助けるのもサルにしとこか」と。そのように考えたとしても少しも不思議ではないと思います。

サルの孫悟空は、生まれ故郷の花果山ではサル山のボスです。ハヌマーンと同じです。やんちゃですが、部下思いのステキなリーダーでした。魔王を退治し、捕らえられていた子分のサルたちを救出して故郷に連れ帰ります。

悟空は、呪文を唱え、はげしい風に乗ったかと思うと、はや雲間からおり立って、
「さあ、目をあけた。」
さるどもは、地面をトントンふんでみて、これが故郷だとわかると、大よろこ

る。話の中心となる戦争物語は中盤に語られ、前半は戦争に至る経緯、後日譚として戦後処理と勝った王子の死までが描かれる。王の義務、インド社会を特徴づける四つの階級の権利・義務、人生の四段階における人それぞれの権利・義務など人生の全てが説かれている。

＊⑰『ラーマーヤナ』 古代インドの大長編叙事詩。ヒンドゥー教の聖典のひとつでもあり、『マハーバーラタ』と並ぶインド二大叙事詩のひとつ。サンスクリット語で書かれ、全七巻、総行数は旧約聖書に並ぶ四万八千行にもなる。三〜四世紀頃成立。ヒンドゥー教の神話とコーサラ国の古代英雄ラーマ王子の伝説を編纂したものとされる。サルの国のリーダー、ハヌマーンが何度もラーマを助けた。『ラーマーヤナ』の内容は、仏教にもその影響が見られ、さまざまな経緯をたどって、日本を含むアジア各地に広く伝えられている。

「太陽神」たち

▲エジプトの「ラー」

▲シュメールの「ウトゥ」
（ウトゥ〔右〕がハンムラビに王権のシンボルである輪と棒を渡している）

『ラーマーヤナ』のサルのリーダー ハヌマーン

びで、なつかしいほら穴へむかってかけだした。ほら穴の中からも、おしあいながらあつまってきて、たちまち祝賀の宴がひらかれた。

悟空は大いばりで、魔王退治のありさまをものがたると、さるどもは感心しきって、

「大王さまは、どこへ行かれて、このようなみごとな腕前を身につけてこられたのでしょう。」というので、海をわたってさまよい歩き、ついにあるりっぱな師匠にめぐりあって、不老長生の法をさずかってきたことを語ってきかせた。

配下のサルたちがこんなに慕ってくれるのに、何を好んで三蔵の守護役になって旅に出たのか。しかし孫悟空はもともと強くて人望のあるリーダーだったというほうが、話は俄然、面白くなります。サルの国の王さまだったおエライさんが、徳の高い僧である三蔵とめぐり会い、わざわざその旅のお供になるというのは、意外性があってとても楽しいですよね。『ラーマーヤナ』でも、王子を助けたハヌマーンはサルの大将でした。

＊⑱叙事詩

部族・地域・国などの社会的集団の神話・伝説・英雄の功業などを物語る長大な韻文。

＊⑲バラタ族

バーラタ族。「バラタ王の子孫」の意。古代インドの宗教文献『リグ・ヴェーダ』（紀元前一五〇〇〜前一〇〇〇頃）に記される、インド・アーリア人の有力な部族のひとつで、現代に至るまで、『マハーバーラタ』などを通じてインドの歴史に大きな影響を与え続けてきた人びと。

ただし『西遊記』の孫悟空はエラいだけのサルではありません。すぐにカッとなって三蔵に楯突いたり、猪八戒*⑳と張り合った挙げ句、旅の途中で自分の国に帰ってしまったこともあります。エラいサルが高貴な人を助けるというモチーフを用いつつ、それをさらに面白いキャラクターに仕立て上げたのが、孫悟空なのです。三蔵に代わって主役になったのも納得がいきます。

妖怪たちはポケモン!?

西天に向かう三蔵一行は、たびたび妖怪や妖魔たちに襲われます。黄袍郎*㉑、金角・銀角、*㉒牛魔王*㉓などが次から次へと登場して、三蔵たちを悩ませますが、これはポケモン*㉔のようなものだと考えればわかりやすいでしょう。ポケモンも次々と新たなキャラクターが登場してはバトルを行いますが、たいていのポケモンは、一度出てきたらそれで終わりです。たくさん出てくるので、ひとりひとりにはそれほど強いキャラが立ってはいません。むしろ、どんどんいろんな新手が登場することが楽しいのです。

＊⑳猪八戒
孫悟空、沙悟浄とともに三蔵の取経の旅のお供となる。天上界では天蓬水神（水軍を率いた元帥）だったが、蟠桃会でしくじり天界を追放され、豚の腹に潜り込む。その後、無理やり烏斯蔵国高老荘の娘婿となっていた。

＊㉑黄袍郎
碗子山波月洞に住む妖魔。宝象国の第三の姫、百花羞をさらい、十三年間かくまう。もとは二十八星座のうちの奎星の星官で天界にいた。

＊㉒金角・銀角
平頂山蓮花洞に住む兄弟の妖魔。山を移す法を使う。もとは太政老君の金炉、銀炉の番人。

『西遊記』で三蔵たち一行の行く手に現れるほとんどの妖怪たちも同様です。いちいち覚えなくても一向にかまいません。「また新しいのが出てきたな」と思いながら読み進めていいのです。後述する、仙人や土地神たちについても同様です。語りに合わせた一話完結の物語をつなげたという『西遊記』の特色は、こういうところにもあらわれています。

ところで、『西遊記』のベースは生き物をむやみに殺してはならないと説く仏教の話なのに、こんなに殺生してもいいのかという疑問を持つ人がいるかもしれません。「孫悟空はこんなに妖怪を倒してばかりでええんかいな」と。でも、そういう整合性を求めても仕方がないのです。三蔵のありがたい話を聞いて、妖怪たちが「もう悪いことはしません」とひれ伏してもあんまり面白くないでしょう。やっぱりバトルがあって、手に汗握る展開になったほうが、ワクワクできて話が盛り上がるのです。

『西遊記』には、妖怪だけではなく、仙人や土地神たちもぞろぞろ登場します。彼らの由来は、中国に古くからある土着的な宗教の道教にあります。玉帝や西王母は、道

＊㉓ 牛魔王

孫悟空と、火焰山の火を消すことができる芭蕉扇を巡って闘う。とても強力で、孫悟空は玉帝の力を借りてようやく仕留めることができた。息子は紅孩児、妻は、芭蕉扇の持ち主である鉄扇公主（羅刹女とも）。

＊㉔ ポケモン

「ポケットモンスター」の略称。株式会社ポケモン（当初は任天堂）から発売されているゲームソフトシリーズ、および同作品に登場する架空の生物の総称。また、テレビアニメ、劇場アニメなどこれを題材にしたメディアミックス作品群を指す。「ポケモン」という不思議な生き物がいる世界で、それを相棒としてポケモン同士のバトルを行う「ポケモントレーナー」たちの冒険を描くロールプレイングゲーム。

教の神さまですし、丹*㉕を練る、不老長生の仙人も同じです。孫悟空が弟子入りしたのは、須菩提祖師という仙人でした。彼らは本当はエラいはずなのに妙にのびのびとしているのは、道家*㉖の思想の反映でしょう。

古代中国には、諸子百家*㉗と呼ばれる思想家たちやその学派がありました。古くから権力者の望む秩序を維持するために役に立つとされていたのは、法家*㉘でした。国家を効率よく治めようと思ったら法律を作って、「それを守りましょう、違反したら首切るで」と強権をふるうのがいちばんやりやすい。

でも大きな国を治めるには大義が必要です。脅かすだけではなく、理念や理想を掲げないと人はまとまりません。そこで儒家*㉙が台頭します。自分の行いを正しくしたら、世の中はよくなりますよ、という考えを主張します。親を敬いなさいとか、君主の言うことは聞きましょう、など。これはいわば、建前の世界です。

しかし知識人やインテリ層は「君主を敬えとか言うけれど、そんなもの権力者にとって都合がいいだけやないか」と、そっぽを向きます。そういう人たちには、老子や*㉚荘子*㉛による道家の思想がピッタリと合って、それが広まります。

＊㉕丹

服用すると不老不死の仙人になれる霊薬（仙丹）のこと。

＊㉖道家

春秋末期から戦国時代の「諸子百家」のひとつで、老子、荘子など、「無為自然（宇宙のありのままであること）」を信条とするグループの総称。宇宙間に存する理法を「道」と名づけ（道教）、それを奉じる人たちを道家という。儒家とともに後世まで伝えられて、中国だけでなく、日本など広く世界に影響を与えた思想のひとつである。

＊㉗諸子百家

春秋末期から戦国時代、つまり秦の始皇帝が全国統一を果たす頃までのおよそ三〇〇年ほどにわたって現われ活躍した学者・学派の総称。「諸子」は孔子、

中国には、建前としての生き方を説く儒家と、公職に就いていない野にいるインテリ知識人の道家という棲み分けがあり、多様性を保つことで国や社会を長持ちさせてきたのです。この二つが共存しているからこそ、人びとは秩序を保ちつつ息抜きができたのです。

組織の強さの秘訣は多様性

中国に仏教が根付いたのは、第1講でお話ししたように、遊牧民がつくった拓跋国家が、中国を治める正統性を確保するための理論として必要としたからです。玄奘三蔵が取経の旅に出たのは、仏教を大切にする鎮護国家の唐の時代でした。『西遊記』には、土地神や仙人などたくさんの神さまが登場しますが、神さまより偉いのは、釈迦や菩薩です。それは、この時代の仏教の地位の高さを反映したものでしょう。

仏教は国家に面倒をみてもらっていたので、皇帝や貴族から、今の価値にして何百億円、何千億円にもあたるような寄進を受けました。それを原資に寺院や仏像を作っ

老子、荘子、墨子、孟子、荀子などの人物を指す。「百家」は儒家、道家、法家、墨家などの学派を指す。

＊㉘法家
諸子百家のひとつ。法による厳格な政治を行い、君主の権力を強化し、富国強兵をはかろうとする政治思想。また、それを説く学者のことを指す。秦で盛んになった。

＊㉙儒家
諸子百家のひとつ。孔子に始まる中国古来の政治・道徳の教説を体系化した思想・教学・祭祀（宗教的儀礼）の総称が「儒教」で、それを信奉する学者の総称が儒家。自己の倫理的修養や規範を重んじる。儒教は経典も備え、中国仏教・道教とともに中国における中心的な哲学体系となる。仏教とともに東洋文化を形成する思想基盤。

たのです。だけど皇帝は、お金がなくなってくるとそれを全部召し上げます。三武一宗の法難*㉜といって四人の皇帝が仏教を厳しく弾圧したこともありました。お金がなくなったら皇帝は仏教を潰しにかかるということです。

権力者をスポンサーにしていると寄付も大きいけれど、弾圧されるときは根こそぎ持っていかれる。ハイリスク、ハイリターンです。そういう流れの中で、仏教の側では民衆にもスポンサーを求めるようになります。前にも述べた唐宋革命の影響もあって（印刷術の発展でビラが普及します）、仏教は広く一般の人たちを巻き込んでいきました。ごく大まかに述べると次のようになります。

まず浄土教*㉝が一世を風靡します。「南無阿弥陀仏」と唱えれば極楽浄土へ行けるということで、庶民が支持して帰依します。

でもインテリ層の人たちは、「南無阿弥陀仏と唱えたくらいで極楽に行けたら苦労せんわ」と、より難解な禅宗*㉞に傾きました。精神性を重んじる禅宗は、座禅や瞑想を通じて心のあり方を問うものです。

浄土教と禅宗は唐の末期の社会が混乱している頃に本格的に民衆に浸透し、やが

***㉚老子**

諸子百家の「諸子」のひとり。「道家」の開祖とされる人物で、のちには道教の神ともなった人物。生没年不詳。その著述とされる書物も『老子』と呼ばれる。

***㉛荘子**

諸子百家の「諸子」のひとり。「道家」の代表者。生没年不詳。その著述とされる書物『荘子』のこともさす。

***㉜三武一宗の法難**

中国仏教史上において、北魏の太武帝による廃仏（五世紀）、北周の武帝による廃仏（六世紀）、唐の武宗による廃仏（九世紀）、以上が「三武」と、後周の世宗による廃仏（一〇世紀、これが「一宗」）という仏教弾圧事件を、仏教側から呼んだ言葉。これらの廃仏に共通しているのは、宗教的角逐のみならず、

てどちらも日本に伝わります。浄土教と禅宗、これも多様性です。庶民のためのわかりやすい浄土教と、インテリ層に支持された禅宗。これで仏教は生き残りました。こういう二重構造、つまり多様性を持つものは強いのです。

中国社会の強さは儒教一本ではない、仏教もひとつの宗派だけではない、多様性にあると話しました。現在も同じような構造です。今は儒教にあたるのが共産主義でしょう。中央集権のエリートによる統治で、建前としてあるのが共産主義だと思います。それでは道教にあたるものは何かというと、経済、稼いで儲けることだと思います。

そういう多様性、二重構造を持っているのが中国の強さです。建前だけを信じられる人はいいのですが、全員がそうではありません。「なにカッコつけてんねん」という人が世の中には必ずいて、そういうインテリで建前が嫌いなちょっとひねくれた人のための受け皿や、庶民の心情を支える拠りどころを中国社会はずっと確保してきました。

これは『西遊記』の面白さにも通じます。お経をインドに取りに行って仏教の本当

僧・尼という非生産人口の増加と寺院荘園（寺院の資産）の拡大が国家の財政運営上大きな問題となった点である。

＊㉝ 浄土教
苦難に満ちた現世から離れて極楽浄土に往生しようという「浄土思想」に基づいた仏教。南北朝時代に既に見られ、唐代に発展、成立した。いっさいを阿弥陀仏によって救済されることを信じる他力本願の教えであり、「南無阿弥陀仏」と唱えること（易行）を説く。特に宋代に入ると民間の仏教として大衆に広まった。

＊㉞ 禅宗
仏教の一派。六世紀初頭にインドから中国に渡り、禅の教えを伝えた達磨を初祖とする。日本には鎌倉時代に伝わる。経典を重視せず、座禅や師匠との問答

の教えを伝えるという建前がありながら、三蔵に楯突いたり、仲間割れをしたり、妖怪たちと戦ったりします。この奇想天外でハチャメチャな部分と、ありがたいお経を取りに行くという建前の部分とがしっかり並立しているから、物語として強靭な生命力を持ち、全体としての完成度が高くなっているのです。

　奇想天外といえば、孫悟空は、旅の途中で立ちよった朱紫国で、自分のつくった薬に「烏金丹」という名をつけて国王からの使者に渡す場面があります。

> **役人が、なにをもちいて飲むのかとたずねると、**
> **「空飛ぶからすのおならと、水中を泳ぐこいのおしっこなど、六つのもののせんじ汁で飲むのでござる。それができないときには、無根水をもちいるがよい。」**
> **（中略）**
> **国王はいわれたとおりに、烏金丹をふくみ、無根水で飲みくだした。三つの大丸薬を飲みくだしおえると、たちまち、腹がゴロゴロ鳴りだして、すっかりくだ**

などの修行を通し、自らの仏性を自覚することを目指すもの。禅宗が宋の時代にインテリ層（士大夫という）に受けいれられたのは、自己の主体性の自覚に重点を置くことが、彼らの関心に合致したためだと考えられている。

り、しだいに気分も回復した。

孫悟空が「烏金丹」をどうやって作ったかというと、薬草に鍋ずみと白馬の尿を加えて丸めただけ。もちろん孫悟空には医学の知識はありません。要するにこれはプラシーボ効果*35です。

中国では古くから不老長生の薬をたくさんつくっていました。中国の人たちは薬が大好きで、皇帝でも薬とされるものを飲みすぎて死んだ人がたくさんいます。人間は不老長生を願う生き物です。そういう需要があれば供給が必ず生じます。怪しげな人が「これは不老長生のための薬です」と言って売るのです。僕は健康のために何よりいいのは美味しいものを食べてぐっすり眠ることだと思っているのですが、それでも「この薬は効果あるで」と言われると信じたくなるかもしれませんね。

この孫悟空の薬のくだりも、小説としてまとめた人の創作ではなく、当時の社会状況を反映しています。芝居小屋に話を聞きにきている人の中には、薬が大好きな人もいたでしょうし、「そういえば家族にわけのわからんやつに騙されて高いお金を

＊㉟プラシーボ効果

薬に似せたまったく効かない物（プラシーボ、偽薬）を薬と思わせて患者に与えると、治癒効果があること。医師への信頼感や投薬された状況への安心感などによって症状が改善する状態をいう。

払って効かへん薬を飲んでるのがおるな」と、思う人もいたでしょう。

「怪しげな薬など、効くはずがない」とわかっている人もいたからこそ、こういうエピソードが出てくるのです。中国の庶民のしたたかさが、こんなところからもうかがえますね。

賄賂は世界の共通語？

今回の授業は、小・中学生向けに簡潔にまとめられた「21世紀版・少年少女世界文学館」（講談社）をもとにしています。その版に載っていないエピソードのひとつがなかなか興味深いので、紹介しておきます。

三蔵一行がようやく天竺（インド）にたどりついてお経を受け取る段になった際のことです。阿難と迦葉という二尊者が、経を置いてある宝閣に一行を案内したのちに、こう言います。講談社版と同じ、君島久子さんの翻訳による福音館文庫版『西遊記（下）』には、次のような記述があります。

「聖僧、東土から来られたのだから、何か、我々に土産の品をお持ちであろう。経を与えるから、はやくその品を出されよ」

三蔵は、これを聞くと、

「弟子玄奘、遠路はるばる参りました故、なんの用意もございませぬ」

と言った。二尊者は笑って、

「から手の者に経を与えつづければ、後世の僧は飢え死にしますわい」

要するに、経典を管理している役人が賄賂を要求しているのです。三蔵一行は、それでもなんとかお経を手にしますが、開いてみると白紙。なにも書かれていないものでした。孫悟空は憤慨してことの成り行きを釈迦に言いつけたところ、しれっと、「そらそうやろ」と言われてしまいます。

そこで三蔵は、出発前に唐の太宗から賜った托鉢用の紫金の鉢を差し出し、どうにか、ちゃんと内容が記されているお経を受け取ることができました。

尊い仏教の聖地でも当たり前のように賄賂を要求されるというエピソードがあるこ

とから、賄賂というものが、昔からどこにでもあったのだということがよくわかりますね。

現在の中国政府は、汚職追放に力を注いでいますが、そもそも中国の官吏の収入の大半を占めていたのが庶民からの謝礼、つまり賄賂でした。官吏のうち官は、日本でいえばキャリアで、中央官庁の幹部候補生です。給与は政府が払いますが薄給です。もうひとつの吏は、官庁ごとに現地で採用された実務を担当する職員で、彼らには報酬がありません。つまり「口利き」による賄賂が職務の見返りになるのです。中国で官吏の登用試験である科挙*㊱が熾烈を極めたのは、官吏になると名声が得られるだけでなく、儲かったからだともいわれています。

『西遊記』を読んでいると、こうした中国社会のリアルな様子も伝わってきます。みなさんはどう感じましたか。

――物語の舞台となった頃の中国は鎮護国家で、仏教の教えが広まっていたから、役人の代わりとして釈迦や菩薩たちが登場する。『西遊記』から千四百年も前の

＊㊱科挙

中国で五八七年頃（隋の文帝時代）から一九〇四年（清朝末期）まで行われた上級国家公務員資格の認定試験制度。科挙とは科目による選挙の意味で、選挙とは官吏登用法のこと。もともとは、広く人材を求めるのが目的であったが、「官吏」としての栄達が全てこの合否にかかっていたため、厳しい受験戦争がもたらす弊害も大きかったとされる。

唐の時代の様子を読み取れることがわかりました。
——問いを持つことの大切さに気づきました。なぜ孫悟空はサルなのかという問いを持てば、そこから何かをつなげて考えることができると思います。

僕はふだんから「なぜ」「なぜ」「なぜ」と三回繰り返せば、正解にたどり着けるようになると思っています。「なぜ」がひとつ消えれば、それだけでスッキリするものですが、簡単な答えで満足していることもあるのです。三回繰り返せば、思考がさらに深まります。ぜひ試してみてください。

第3講では、仲間について考えましょう。孫悟空には、猪八戒と沙悟浄という仲間がいました。助け合うよりもむしろ足を引っ張り合っているような三人は、果たして「いい仲間」だったのでしょうか。

補講❷

『西遊記』が「小説」として成立した時代

『西遊記』が白話（口語）小説として成立したのは、明初の時代とされています。『三国志』や『水滸伝』『金瓶梅』も同じ頃です。

ところが、明の時代は中国の歴史の中では、とても暗い時代だとされています。建国した朱元璋（洪武帝）は、猜疑心が強く、非常に独裁色の濃い皇帝でした。優秀な部下や知識人たちを片っ端から粛清するとともに、海禁令を出して交易を大幅に制限、商業を抑圧し、農業を優先するなど、今の言葉でいえば、反グローバリズム、内向きの政治体制でした。

しかし、それは支配層の話で、庶民はたくましく生きていました。この時代、出版文化が栄えたのは、政治に関わるとろくなことはないと学んだ庶民たちが、本に夢中になったからではないでしょうか。

活版印刷や木版印刷の技術は、明の時代にさらに発達し、それに伴い、紙の品質も向上しました。庶民の間で人気だったのは、挿絵の入った絵本のような「全相本」ですが、彫刻などの芸術と彩色印刷を組み合わせた美術書「画譜」も誕生しています。

出版文化が盛んだったのは、北京、南京、福建で、福建の建寧には、書房（書籍を刊行して販売する店）が八十四軒にも及び、刊行された書籍は千点以上だったという記録が残っています。

明の時代の出版文化の興隆は、大元ウルス（元）の時代に遡ります。大元ウルスを建国したクビライ・カアンは、当時既に世界最強の官僚組織と軍隊を持っていたのですが、南宋が戦わずに手を上げたことで、南宋の軍人と官僚が無傷で残ってしまいました。そうなると、彼らに仕事を与えなければ、不満分子となり、よからぬことを考えますから、官僚たちを出版事業に従事させることにしました。

「中国にはこれだけの素晴らしい文化や伝統がある。それを本にして残しましょう」と彼らの民族意識をくすぐったわけです。

それで大字本、小字本、あるいは事林広記という百科事典などがどんどん刊行されました。書籍を刊行すると

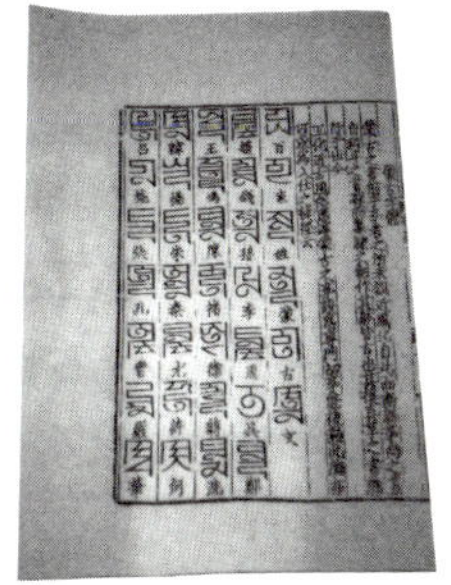

▲事林広記

大元ウルス末期から明代初期に刊行された、生活に関する事柄全般について記された百科事典で、そして挿絵入りという、新しいタイプの本であった。

給与がもらえますから、出版はますます盛んになり、庶民の間にも本を読むという習慣が浸透し始めます。前述した、「全相本」ができたのはこの頃です。『西遊記』は、宋の時代に、芝居小屋で語りものとして発展し、おそらくこの大元ウルスの時代の出版文化の影響が素地となって、小説に近い形となり、それが明の時代に、いわゆる白話（口語）小説として成立したと推測されています。

ちなみに軍人はどうしたかといえば、日本、ジャワ島、ベトナム、ミャンマーなど、それまで中国があまり軍隊を派遣していなかったところを含めて広く送り込みました。これも軍人を国内に置いておくと悪さをしかねないからということで、公共事業的な意味合いがあったといわれています。

第3講

「仲間」として生きる面白さ

弟子はなぜ三人必要だったのか？

『西遊記』は、唐の時代の高僧玄奘三蔵の取経の旅の記録をもとにしています。帰国した玄奘が旅の記録としてまとめた『大唐西域記』には当然、孫悟空にあたる者は登場しません。

玄奘の旅は、当時たいそう話題になりましたから、僧侶たちの間でも、寺院の講話などで語られたでしょうが、孫悟空が旅のお供に選ばれるのは、おそらく宋（北宋）の時代に芝居小屋で講談として語られるようになってからではないでしょうか。

当時の語りものの筋書きを簡単にまとめた『大唐三蔵取経詩話』*①には、三蔵が猴行者*②に案内されて旅をする様子が記されています。そしてすでに猴行者は、三蔵から主役の座を奪い、現在の『西遊記』の孫悟空に近いハチャメチャぶりを発揮していましたが、猪八戒はまだ登場していません。三蔵と猴行者が川を渡るときに橋をかけて手助けした仏教の守護神のひとつ深沙大将（深沙神）は、のちの沙悟浄*③でしょうか。

しかし道中は、二人きりです。

＊①『大唐三蔵取経詩話』

玄奘の取経の旅を題材にした講談の筋書きを簡単にまとめたもので、成立は宋代とされている。孫悟空の前身である猴行者が三蔵法師の道案内をつとめ、物語の主人公として描かれている。沙悟浄の前身らしき深沙神も登場し、橋をかけて渡河の手助けをしたが、旅には同行していない。

＊②猴行者

『大唐三蔵取経詩話』に登場するサルで、三蔵法師の案内役として旅を主導する。行者とは、仏教などの修行者、または仏教寺院において雑務を行う者のこと。猴行者がのちに孫悟空となる。

でもやっぱり二人だけでは、物足りない。仲間は、もっといたほうが面白くなりそうです。小説として成立していく大元ウルスの時代の『西遊記』(原本西遊記)には、猪八戒と沙悟浄が登場していますから、講談として語られているうちに、二人が加わったものと思われます。

猪八戒は、なぜ豚なのでしょうか。

中国の人は、食べることが大好きだというのを聞いたことがありますか。

中国料理、美味しいですよね。中国料理でよく使われているのは豚肉です。焼売やいわゆる「中華まん」にも豚肉が入っています。牛肉よりも豚肉の国なのです。そのため、あちこちで豚が飼われています。豚はとても身近な存在なのですね。鶏肉もよく食べますが、鶏と豚なら豚のほうがキャラクターがつくりやすい。こうして人気になるキャラクターがひとり増えました。

これで弟子は二人になります。孫悟空と猪八戒。さて、中国では奇数(陽数)を大事にします。偶数(陰数)よりも奇数のほうが、縁起がいいとされています。奇数は安定するのです。二人というのは対立構造になりやすい。けれど、三人いたら安定し

***③沙悟浄**

孫悟空、猪八戒とともに三蔵法師の取経の旅の道連れとなる。天界で役人をしていたが、蟠桃会で、誤って玻璃の盃を壊したために天界を追放され流砂河で妖魔となった。菩薩のおかげで仏門に帰依し、三蔵たちの一行に加わる。

ます。

どういうことかというと、意見が分かれても三人ならばそのうちのひとりが「まあまあ」ととりもつのです。椅子だって仮に二本足だと、座れたとしても、バランスを保つのは結構しんどいですよね。漕がない自転車で立っているようなものです。つねにバランスを気にかけていないと、倒れてしまいます。

そう考えると人間の二足歩行は、実はすごく大変なことなのです。ほとんどの動物が四足歩行するのは、そのほうが楽で移動に適しているからです。速く走れますし、疲れにくい。一方、人間は二足歩行することで脳の巨大化に成功しました。大きい脳を支えるためには二足歩行のほうが、都合がよかったのです。

話がそれましたが、椅子や自転車で考えれば、二本足より三本足のほうが安定します。カメラを据えて撮影する道具も「三脚」ですね。だから『西遊記』でも、猿と豚だけではなく、もうひとり弟子がいたほうがええな、と考えられたのではないでしょうか。

あとひとりはどうしましょうか。

川を越えることが中国の旅の醍醐味

『西遊記』は旅の物語です。最初に中国には大きな河が二つあるという話をしました。長江と黄河です。長江は河口が広く、奈良時代に中国の人が船で日本にやって来たとき、瀬戸内海を見て「日本にも大きい川があるな」と言ったという話もあります。その源流や支流も含めると、中国には川がたくさんありますから、旅をすると、何度も川を越えなくてはなりません。中国の地図を開いて、チェックしてみてください。だとしたら、あとひとりは水中移動ができる水怪*④（日本ではカッパとされていますが、カッパは日本生まれの妖怪です）を想起させる者がいい。おそらくそういう連想で沙悟浄が出てきたのでしょう。彼は孫悟空と猪八戒の間ではやや影が薄いのですが、バランサーとしては絶妙のポジションです。

これで弟子が三人そろいました。バランスがいいですね。これに三蔵を乗せる白馬を含めると、四者で三蔵を支える形になってやはりバランスがいい。五人で天竺を目指すと考えると、奇数で縁起もいいのでしょう。

＊④水怪
中国の神話や伝説で、水に住む、未知の生き物を指す。日本では、沙悟浄がカッパとして描かれているが、中国では水怪とされている。

ただし猪八戒と沙悟浄のエピソードは、孫悟空に比べれば、ややあっさりとしています。二人とも、失態を犯して天界を追放されたあと、三蔵に拾われて修行の旅のお供をする、という同じパターンで、あまり作り込まれてはいません。「まあ適当でえやろ」ということです。彼らが使う道具も、孫悟空は空を猛スピードで飛べる觔斗雲や長さが自在に変化する如意棒*⑤という、とてもユニークなアイテムを持っていますが、猪八戒はまぐわ、*⑥沙悟浄は宝杖と、*⑦どこにでもある得物がモチーフになっています。（左ページ下のイラスト参照）

ひとりの作家が創作した小説なら、もっとていねいに作り込むのでしょうが、語りもので、しかも後から追加したわけですから、そこに手間をかけるより、旅を先に進めることを優先したのでしょう。

この三人について、みなさんはどう感じましたか。

――ズルをしたり、悪さをしたり、「正義の人」が少ないのが印象的です。

――たまに協力しますが、仲良くなって信頼関係を築いてはいない。みんな己の

＊⑤如意棒
孫悟空がつねに持ち歩いている自由自在に伸びる棒。黒い鉄に金のたががはめられていてとても重い。孫悟空が東海龍王の宮殿から無理やり持ち出した神器。

＊⑥まぐわ
牛馬に引かせて田畑をかきならすくわのこと。T字型に組んだ横木にいくつかの歯がついている。猪八戒の武器は、九本の歯のついたまぐわ。

＊⑦宝杖
先端が半月型をした杖で、沙悟浄の武器。

道を突き進んでいます。

そうですよね。彼らは本当に、協調性がまるでなくて、短慮で、子どもみたいに好き勝手をやってアホな失敗ばかり繰り返しています。

例として、不思議な霊力を持つ人参果＊⑧を盗み食いしたことが三蔵にバレそうになったときのエピソードを紹介しましょう。

「こりゃしまった。お師匠さんのおよびだ。まさかばれたんじゃあるまいな。」

「なに、ごまかしちゃえ。」と三人は、おずおず師の前にすすみ出た。

「人参果とか申すもの、そちたちのうち、だれかぬすんだものはおらぬか。」

八戒がさっそく、

「わたしは、ほんとに知りませんです。見たこともないんですから。」

と、しらばくれます。このあと孫悟空は、盗んだことを正直に打ち明けますが、猪

八戒と仲間割れした挙げ句、庭にあった人参果の木を根こそぎ押し倒してしまいました。八つ当たりもいいところです。孫悟空と猪八戒は、いつも張り合ってはいがみ合っています。

でもこれは、芝居小屋で聞く「お笑い」なのです。ドジを踏んだり、ズルをしたりケンカをしたりする話のほうが人間社会をそのまま写しとったようで面白い。

人間は、よく観察してみると、一〇〇パーセント真面目な人なんて、あまりいませんよね。真面目なように見えても、ちょっと小狡いところがあったり、異性の前でカッコつけたり、お金の話が大好きだったりするのです。

日本の昔話の『桃太郎』や漫画の『ワンピース』*⑨では、全員が協力し合って目標に向かっていくのが魅力ですが、『西遊記』は、予定調和的ではないところに別の面白さがあります。みんな「俺さえよければいい」と思っているのが実に面白い。しょっちゅう仲間割れをおこしますし、そのために何度も危ない目に遭い、ひとつ切り抜けては、またトラブルを招いて……という繰り返しです。しかしなんとか最後には、西

＊⑧人参果

赤ん坊そっくりの形をした、不思議な霊力を持つとされる果物。『西遊記』では、三千年に一度花が咲き、その三千年後に実がなり、さらに三千年後に熟して食べられるようになる。一万年に三十個しか結実しない。匂いをかげば三百六十年、ひとつ食べれば四万七千年生きられるとされている。

＊⑨『ワンピース』(ONE PIECE)

尾田栄一郎（一九七五〜）による日本の少年冒険漫画作品。一九九七年より『週刊少年ジャンプ』にて連載を開始し、二〇一八年五月現在も連載中の大ヒット作品。これを原作としたテレビアニメ、劇場アニメ映画も制作されている。主人公のルフィが仲間と協力し合いながら、海賊王が遺した秘宝のワンピースを探す海上の旅を続ける。

天で経典を受け取るという目的を達成して唐に帰りました。

取経の旅に出るとしたら誰を連れて行く？

さてそれでは、これからみなさんに、三つのグループに分かれて、ディスカッションをしてもらいましょう。『西遊記』は仲間と旅で冒険をする物語です。遠くへ旅をするなら「道連れ」がいた方がいい。

そこで、歩いて遠くまで旅をするとしたら、どんな仲間がいたらいいのか、話し合って考えてください。極端に言えば「猪八戒が三人」でも構いません。『西遊記』を参考にしながら話し合ってグループごとに発表してください。

〈Aグループ・ディスカッション〉

「予言ができる人がいるといい」

「それいいね」

「喧嘩の強い人」

「食料を取ってくる人」

「冷静な判断ができる人」

「三蔵は猪八戒に言われるがままだけど、リーダーはちゃんと諫められる人でないと」

「たしかに三蔵は東大卒の一般人みたいだった」

「リーダーって強い人がいいの？　頭のいい人がいいの？」

「頼りないくらいのほうが子分（弟子）たちは頑張るよね」

「強い人より頭のいい人がいいけど、正論ばかり言い過ぎると子分がイラっとくるからコミュニケーション能力も必要だよ」

「とするとリーダーは、小悪魔系女子＊⑩、やり手の女子みたいに、頼りないところも見せつつ、あれこれ命令を出すタイプがいい」

＊⑩小悪魔系女子
かわいい仕草や表情、言葉がけや態度で男性を翻弄し、手玉にとる女性のことを指す。小悪魔女子ともいう。

「指揮命令系統がちゃんとしていないと」
「だったら子分は三人とも男子！」
「リーダーが誰かを好きになったら気まずくなるよね」
「そのときは、解散かも」

〈Aグループ・結論〉

――指揮命令系統がしっかりしていたほうがいいので、リーダーは小悪魔系女子で、子分の三人は男子がいいということになりました。ひとりは力の強いダメ男で、リーダーの言うことはなんでも聞く。ひとりは頭が良くて戦略に長けている人。もうひとりはコミュニケーション能力が高くて、食料を取りに行ける人、そしてリーダーが突っ走ったときに冷静な判断ができる人です。

Aグループは、機能的なチームを考えたんですね。指揮命令系統がビシッとしていて、なかなかいいですね。

〈Bグループ・ディスカッション〉

「歩いていくのだから馬がいる」

「飛べる系も欲しい」

「食料を持ってきてくれる人も必要」

「たしかに三蔵たちはよく食べることに困ってた」

「なんだかんだでやっぱり悟空は無敵」

「孫悟空はいいけど、三人いたらウザい」

「間を取り持ってくれる人が必要かも」

「猪八戒は愛されキャラだよね」

「沙悟浄は川渡し系キャラ？」

「そしたら、水要員、空要員、食べ物要員でいいんじゃない？」

「ポケモンで考えても、ほのおタイプ・みずタイプ・くさタイプ*⑪と特性別に持っていたほうがいいよ」

＊⑪みずタイプ・くさタイプ・ほのおタイプ

「ポケットモンスター」においては、ゲームを始める際に、最初に相棒のポケモンを選ぶ必要があり、そのポケモンは得意な技に応じて「水」「炎」などのタイプがある。「ほのお」「みず」「くさ」はポケモン御三家と呼ばれる最もスタンダードなタイプ。お互いのタイプ間の強弱は、じゃんけんのような関係となっている。

「部活だと考えると、自由な人がひとりいるといい」
「やっぱり水と空と陸でそれぞれいるといいんじゃない？」

〈Bグループ・結論〉

——川を渡る（わた）ときに便利な水陸両用のカメと、空を飛べる悟空的ポジションとして鳥系の中で猛禽類（もうきん）のフクロウ。あとはイヌやネコみたいな親しみやすいのがいるといいけど、やっぱり強いのが大事なのでトラということになりました。

なるほど。カメとフクロウとトラ。水と空と陸で違う（ちが）動物を考えた。これも面白いですね。

〈Cグループ・ディスカッション〉

「白馬が主人公だと物語は全然違（ちが）ったよね」

「リーダーが三蔵だったら、やっぱり悟空の思い切りのよさは必要。三蔵は決められないから」

「裏切らないイヌみたいなのもいるといい」

「移動を考えたらウマが欲しい」

「そうしたらサルとウマは必須？」

「五匹ならどうかな」

「ボスの言うこと、聞かなくなりそう」

「いっそのこと悟空だけってのもいいんじゃない」

「『ゼルダの伝説』*⑫でウマに乗るとすごく便利だったよ」

「鳥は？」

「ヒュンッと飛んでいってしまうと楽しくない」

「牛だと、食料にもなるかも」

＊⑫『ゼルダの伝説』

任天堂が開発したコンピューターゲーム。主人公のリンクがガノンドロフなどの敵からお姫様のゼルダを助ける物語。一九八六年に発売され、シリーズ化。二〇一七年までに世界累計売上八千万本に達している。

「お腹すいたら、仲間を食べるの？」

「ダメ？」

「ブタはボケ役として必要。怠（なま）けるけど」

「それを悟空がシメる」

「なんだかんだでバランスいいよね」


〈Cグループ・結論〉

――やっぱり昔の芸人さんはよく考えていたようで、三蔵がリーダーならこの三人プラス白馬でいいと。キャラも悟空のようにひとりでぎゃあぎゃあ言って押（お）す人、猪八戒のようにボケる人と、ボケとツッコミがいて、さらに白馬は移動手段としても使えます。ただし三蔵は頼（たよ）りない感じなので、もうちょっとメンタルの強さが欲しいです。

『西遊記』でほぼ調和は取れているということですね。なるほど。

とても面白いディスカッションで、興味深い結論になりました。

Aグループは、集団の指揮命令系統がしっかりしていなければ、旅はしんどくなると機能的に考えました。

Bグループは、川がいっぱいあるんだったら大きいカメがいたほうがいい、空を飛べると便利だから鳥がいたほうがいい、いっぱい変なものが出てくるからトラがいたほうがいいと。発想が豊かです。

Cグループは、よく考えたら『西遊記』のままでバランスが取れている、と。

三つのグループに分けてこんなに見事に、三つの視点から解が出てくるのは、すばらしいことだと思います。

僕(ぼく)は、ビジネスの世界に長くいたのですが、たとえば、ビジネスで考えたらやっぱり機能的でないと組織はもちません。でも遊びだったら、どうでしょう。目的やミッションの大きさにもよりますが、仕事は機能的に考えたほうがいい。でも遊びに行くのなら、ハチャメチャなくらいのほうが楽しい。リーダーの言うことを「はい」「はい」と聞いていたら旅はあまり楽しくありません。

リーダーが頼りないと子分が頑張る

ところで三蔵が頼りないという意見が出ました。確かに三蔵はリーダーなのに、リーダーらしい威厳がまったくありません。すぐに弱音を吐きますし、しょっちゅうお腹がすいたと言っては孫悟空たちを困らせます。

八戒にだまされて、孫悟空を破門にしたこともありました。旅の途中で妖精が女性に化けて、食べものを届けにきましたが、孫悟空が妖精だと見抜いて、退治したシーンです。

三蔵はおどろき、ぶるぶるふるえて、悟空をなじると、

「まあまあ、あのかめの中は、なんだと思います。」

というので、のぞいてみると、ごはんと思ったのはうじ虫で、おかずは、がまがえるがむくむくしている。こうなると、八戒がおさまらぬ。

「お師匠さま、この女は土地の人。それを兄きは打ち殺したので、緊箍呪こわ

さに、術を使って虫けらなどに変えたんです。」

三蔵は、まんまとこのことばにひっかかり、口の中で緊箍呪を唱えれば、

「痛い、痛い。話したいことがあります。」と、悟空は頭をかかえる。

「そちの話などきくにはおよばぬ。ゆえなくして罪なき人を殺すようでは、経をもとめてなんになろう。もはや帰るがよいぞ。」


このように、何かあると三蔵は呪文を唱えて孫悟空の頭の輪をきつく締め上げようとします。三蔵はずっと、猪八戒に甘く、孫悟空にはやたらと厳しい。リーダーとして整合性に欠けるのですが、弱いリーダーだからこそ、孫悟空はしっかりせざるを得ませんでした。

リーダーがメンバーに整合性を求めすぎるのも窮屈です。人間は、そこまで立派な生き物ではありませんし、ひとりひとり意見も態度も違います。リーダーがメンバーに対して整合性を求めすぎると、組織は不寛容になり衰退してしまうでしょう。

デキるリーダーは部下の意見をよく聞く

遊牧民と農耕民を比べた場合、遊牧民は、優秀なリーダーを選びます。それは、優秀なリーダーを選ばないと自分たちが死んでしまうからです。草がなくなったとき、どちらの方向に進むかで、集団の運命が決まります。これに対して、農耕民は、リーダーがそれほど優秀でなくても死にはしません。太陽と水があれば、稲などの作物が育つからです。

旅に出るときも、遊牧民と同じで優秀なリーダーを選ばないと命が危ないのですが、『西遊記』は、農耕民たちの文化から生まれました。仕事で疲れた大人たちが芝居小屋や演芸場でお酒などを飲みながら聞いた芸人さんのオモシロイ話が発祥だと述べましたね。

『西遊記』には、何人かのリーダーが登場します。孫悟空も花果山ではサルたちのリーダーでしたし、天界でもっとも偉いのは玉帝です。玄奘三蔵を送り出した唐の太宗は、唐の第二代皇帝で、彼の治世は、中国の歴史の中でもとても安定していた理想的な時

代といわれています。

生徒の中に、玉帝に優秀な部下がいたことを指摘している人がいましたね。

――玉帝に的確なアドバイスをする太白金星は、全体を見ることができてすごいと思います。

はい、次のシーンです。


いっぽう天界の玉帝のもとへは、東海龍王から、花果山のさる王が武器をうばったことに、うったえが出されていた。

そこで、さっそく神将をつかわし、せいばつしようとの案も出たが、列座の中から太白金星がまかり出て、

「陛下のご慈悲により、かれを天界にめされ、一つの官職をあたえて、天上にとどめおおきくださるがよろしかろうとぞんじます。もしもご命にそむくことがあ

れば、そのとき、とらえさせましょう。」
玉帝はこの意見によろこび、
「そちのいうとおりにいたそう。」と申され、金星に使者を命じた。

太白金星は、たびたび上司の玉帝に意見を言い、玉帝も部下の意見をよく聞きます。この姿は、第1講でも紹介した、唐の皇帝、太宗にも通じます。『西遊記』では、太宗はちらっと登場するだけですが、彼は帝王学の教科書ともいうべき『貞観政要』*⑬で描かれた人物です。

この『貞観政要』を読むと、太宗が部下の意見をとてもよく聞くリーダーだったことがわかります。

太宗には、魏徴*⑭という腹心がいました。こんな話があります。魏徴はもともと太宗の兄、李建成*⑮の守り役でした。太宗（李世民）は、皇太子である兄を殺害して皇帝の座に就きます。もともと魏徴は李建成に弟を殺すよう進言していたのですが、李建成は決断することができず、結局、命を落とすのです。

＊⑬『貞観政要』
中国の歴史上、もっとも国内が安定したとされる唐の貞観（六二七〜六四九）の時代を背景に、皇帝の太宗と臣下たちが行った政治の要諦をまとめたもの。最高のリーダー論と言われ、クビライや乾隆帝など後の中国の皇帝や北条政子、徳川家康、明治天皇なども愛読した。

＊⑭魏徴
五八〇〜六四三。唐代の政治家。唐の初代皇帝、高祖李淵の皇太子李建成の側近だったが、のちに弟、李世民（太宗）の側近となる。『貞観政要』には、太宗と魏徴との会話が多数残されている。

＊⑮李建成
唐の初代皇帝、高祖李淵の皇太子。末弟とともに次弟の李世民に殺害される。

捕らわれた魏徴に、李世民は「おまえ、兄貴に俺のことを殺せと言っただろう」と、問いただします。魏徴はこう答えます。

「その通りです。あなたのお兄さんがもう少し賢かったらよかったのに」

それを聞いた李世民は、彼を自分の片腕とします。リーダーには、言いにくいことを言ってくれる部下が必要なのです。

みなさんもディスカッションでは、ほかの人の意見をたくさん聞いたと思います。自分で考えることも楽しいですが、人の意見を聞くことも同じように楽しいでしょう。ひとりでは大した知恵は出ませんが、ディスカッションをすると、ほかの人たちから気づきが得られて、自分の意見のレベルがわかったり、より自信が持てるようになったりします。

僕は人が賢くなる方法は、「人、本、旅」の三つしかないと思っています。

人に教えてもらう。人と話す。何かわからないことがあったら先生に訊ねる。

そして、本を読む。自分で買ってもいいですし、図書館にもたくさんの本があります。本を読めば自分で勉強ができます。

三つ目は旅に出る。これは何も旅行に行きなさいと言っているのではなくて、「美味しいパン屋ができた」と聞いたら、「あ、そう」ではなく、自分で行って、パンを買って、食べてみる。マズかったらどうするねん、と思うかもしれませんが、そうしたら「あの人の舌は信用したらあかんな」と思えばいいでしょう。旅というのは、現場に行って体験すること。現場に出向けば、五感で物事を感じ取れます。そこでしか得られないものがあるのです。

さてここでいったん、生徒のみなさんひとりひとりから、ここまでの授業を受けて、『西遊記』についてどう思ったのかを聞いてみましょう。

第4講では、さらに人生を豊かにするための話を続けます。

特別授業を受けて――生徒たちの感想

生徒A
『西遊記』に限らず、あらゆる物語の面白さの見つけ方は、その物語が書かれた当時の世の中を調べるということだ。休憩時間に『列子』*にある朝三暮四**という故事成語には、当時の為政者を皮肉った部分があると教わったが、それを知ってさらに面白く思えました。知ることで、面白さにたどり着くチャンスが得られるのだ。

生徒B
『西遊記』は、よしもとのような「お笑い」だったと聞いて、昔もお笑いトリオは存在していたんだ!と思いました。盧遮那仏は歴史の授業でも習いました。奈良には研修旅行で行きました。これまで食わず嫌いだった歴史を心から楽しいと思えた貴重な瞬間です。

生徒C
古典はあまり読まないのですが、以前読んだ、田中芳樹さんの『創竜伝』が中国の古典と重なることに気づきました。『創竜伝』は古典ではないけど、つながる部分がある。それに気づいてすごく面白かったです。

生徒D
物語の出だしの石ざるが水に飛び込んで王になったところが好きです。先輩たちと話し合いもできて、充実した時間でした。

＊列子
中国、春秋戦国時代の思想家列子の著書。老子や荘子とともに道家思想を伝える古典で、無為自然を重んじて、他人と競わず、その身を修めることを説く。朝三暮四、杞憂、疑心暗鬼などの故事成語が紹介されている。

生徒E

私は『ドラゴンボール』（106ページ参照）が好きで、これは『西遊記』ではないかと思っていたのですが、面白くないと嫌なのでずっと読んでいませんでした。でも今回、読んでみたら面白かったです。『ドラゴンボール』とつながっているという個人的喜びもあったので、これからは読まず嫌いをやめます。

生徒F

それぞれのキャラがすごく立っていて漠然と面白いと思っていたのですが、授業を受けて、それがしっかりと形を持って理解できました。

生徒G

物語が書かれた時代背景を知ると、千四百年も前の時代の様子が本から読み取れると気づいた。人間の想像の範囲だから今の私たちとも通じるところがあるというのが印象的でした。

生徒H

『西遊記』は、日本の少年漫画にもあるような設定で、人間の求める面白さは共通しているのだとしたら、これから先も残って欲しい。これ以外にも私がまだ知らない面白さがあるならもっと知っていきたいです。

生徒I

私はこれまで本を通して何かを学ばなければいけない、本を読んだことを人生に活かさなくてはいけないと思っていましたが、純粋に楽しんでいいんだとわかって読書が身近なも

＊＊朝三暮四
故事成語で、宋の狙公（サルを飼っている人）が飼っていたサルに餌を「朝に三つ、夕方に四つ与えよう」と言うと、サルが少ないと怒ったので、「朝に四つ、夕方に三つ与えよう」と言ったところ大喜びしたことから、表面的な相違や利害にとらわれ、結果が同じになることに気づかないこと、うまい言葉で人をだますことを指す。

のになりました。

生徒J

最初は、ただ有頂天なサルが暴れてるなとしか思えなかったのですが、物語の舞台を理解すると何倍も面白くなりました。

生徒K

『西遊記』は人間の社会をそのまま映したから人気が出たということがとても印象に残りました。

生徒L

『西遊記』が書かれた時代の常識と今の時代の常識はかなり違い、自分の知らない歴史がそこにある。だけど中国の歴史や仏教の話を聞いて、そこから話がつながっていった。これからも小さなことでも疑問を見つけ、答えを導き、それをつないで、この世界のできるだけ多くのことを知りたいです。

生徒M

僕は、小学校の学芸会で猪八戒の役をやったのですが、授業を聞いて、『西遊記』はけっこう奥深いことに気づきました。当時それがわかっていればもっといい演技ができたのにと思いました。

生徒N

小学生の頃から、ギリシャ神話が好きでした。最近もスマホのソーシャルゲームがきっかけで『マハーバーラタ』や『ラーマーヤナ』を読んだのですが、わからないことがたくさん出てきます。授業で、歴史や文化の背景を知れば理解できるようになることを知り、物語への近づき方がわかりました。

生徒O

私は漫画や雑誌は読むのですが、本が嫌いでした。それは馴染みがなかったり身近でなかったりするからです。だけど、妖怪をポケモンにたとえたり、歴史を知ったりすると、隙間を埋めていくことができます。そうすると本を読むことがもっと楽しくなりそうです。

生徒P

古典は背景がわかれば面白く読めることがわかったので、自分で調べればいいことがわかったのですが、それも大変なので、本を書く人がそれも書いてくれるといいなと思いました。

生徒Q

『西遊記』には大きい数字が出てくる理由がわかって、このことから、古典の読み方がわかりました。

※授業内でのひとりひとりの発言、授業後のアンケートから抜粋してまとめました

COLUMN

時と場所と媒体を越えて広がる「西遊記ワールド」

ここまでの特別授業から、『西遊記』を読んでみたい、あるいはあらためて触れてみたい、と思った読者は多いだろう。「どの訳の『西遊記』を読んでもらってもいいと思います。子ども向け・大人向けも気にしなくてもいいでしょう。大事なのは読んで面白いこと。漫画もドラマも映画も、『西遊記』は世界中にたくさん派生した作品がありますから、そこからはじめても構いません」（出口治明先生）

全訳となると全百回に及ぶ大変な長さとなるため、多くの小説版では、三巻程度のダイジェストとなっている。この授業にあたり、参加する生徒に事前に課題として読んでもらったのが君島久子氏訳の『西遊記』（講談社・21世紀版少年少女世界文学館）で、これは一冊である。同氏訳の『西遊記』（全三巻、福音館文庫、右下写真）も非常に楽しい。また、伊藤貴麿氏訳の『西遊記』（岩波少年文庫）も全三巻である。

そのほか、青少年向けを謳うものとしては斉藤洋氏著の『西遊記』シリーズの刊行が続いている（二〇一八年三月末現在で第十二巻まで、理論社）。大人向けの全訳としては中野美代子氏訳『西遊記』（全十巻、岩波文庫）がロングセラーだ。近年では平岩弓枝氏が翻案小説『西遊記』（上下巻、毎日新聞社）を上梓している。どれを選んでも心地よい西遊記ワールドに出会

えるだろう。

さて今回、西遊記を知ったきっかけを生徒たちに尋ねたところ、幼い頃の絵本体験より多かったのはテレビドラマである。一九七八年に放送された堺正章氏主演の『西遊記』をCSなどの専門チャンネルで保護者と一緒に見た、香取慎吾氏主演の『西遊記』(二〇〇六年、フジテレビ)を見たという人が多い。なかでも七八年の日本テレビ版は故夏目雅子氏が三蔵を演じ、その後の「女優が三蔵になる」嚆矢となった。孫悟空を演じた堺正章氏の如意棒アクションは後に『スターウォーズ』の参考になったとされる。主題歌・劇中音楽のアルバムがイギリスの音楽チャートでランクインするなど世界的に話題となった作品である。一九七〇年代後半には、人形劇『飛べ！ 孫悟空』やテレビアニメでも『西遊記』翻案作品が作られている。この他、生徒のファーストコンタクトとしては大人気漫画・アニメ『ドラゴンボール』や『映画ドラえもん のび太のパラレル西遊記』(一九八八年)も挙げられた。

一方古くからの派生作品として、手塚治虫の漫画『ぼくの孫悟空』や、中島敦の絶筆『わが西遊記』(「悟浄出世」「悟浄歎異――沙門悟浄の手記――」)などもあり、これらの作品群はいまや古典的地位を獲得している。

ところで現在、中国をはじめとした中国語圏では、『チャイニーズ・オデッセイ』シリーズ、『情癲大聖(西遊記リローデッド)』『西遊 降魔篇(西遊記～はじまりのはじまり)』、『西遊記之大鬧天宮(モンキー・マジック 孫悟空誕生)』、アニメ『西遊記之大聖帰来(西遊記 ヒーロー・イズ・バック)』、『万万没想到：西遊篇(ストームブレイカーズ 妖魔大戦)』、『西遊記之孫悟空三打白骨精(西遊記 孫悟空VS白骨夫人)』、『西遊伏妖篇(西遊記2～妖怪の逆襲)』『悟空傳』など、『西遊記』を原作とした映画が何度目かの大ブームを迎えている。日本でも上映されたりＤＶＤ購入やネット配信で視聴できる作品も多い。

　また、韓国でも二〇一一年に映画『西遊記リターンズ』が公開され、その後もテレビドラマ『新西遊記』シリーズや、『花遊記』が放送されるなど、活況を呈している。

　そもそも古くから日本を含むアジア圏では広く『西遊記』が受容されており、それは朝鮮半島、ベトナム、チベット、モンゴルなどにも及んでいた。

　中国では明代に本格的な小説として成立した後、庶民向け読み物だけではなく読書階層である知識人も嗜むものとして、その地位がどんどん向上した。そしてついに清の乾隆帝の御前に披露する劇として、『西遊記』を元にした『昇平宝筏』が上演されるまでになった。一方で清代には、影戯（影絵）の隆盛により、大衆レベルでも西遊記小説はさまざまな形で刊行され、誰もが知る作品となった。日本にも読み物として流入、翻案され出版された。「沙悟浄がカッパ」という設定は日本独自のもので、それを発案したのは曲亭馬琴（滝沢馬琴）だとされている。

　このように『西遊記』は、物語を読むだけではなく、その派生や受容がどのようになされ、世界の共通物語となったのかを知る上でも、大変興味深い作品である。


（文・編集部）

旅をしよう、人生を豊かに生きよう

背景を知ることで古典はますます面白くなる

『西遊記』についてまとめましょう。キーワードは、「仏教」と「お笑い」だと思います。国家が仏教を大事にしていた時代に端を発した物語だから、三蔵は命がけで天竺（インド）をめざしました。それを孫悟空たち弟子も支えようとします。神さまや仙人より、釈迦や菩薩のほうが偉い。孫悟空たちが困ったときに助けてくれるのは、釈迦や菩薩たちです。

話が大げさで、距離にしても時間にしてもとてつもなく大きな数字が出てくるのは、仏教的な長さを示すものですし、また、『西遊記』の源流が、芝居小屋や演芸場で語られる芸人さんの講談、つまり「お笑い」の演目にあると思えばよくわかります。だから大きい話になるのです。

演芸場では、一夜ごとに一回完結の物語を語り聞かせていました。お客さんは、毎晩続けてきてくれるとは限りませんから、連続ドラマのような作り方はできません。一話完結の物語をつなげてまとめたから、『西遊記』は中身が細切れのように感じられるのです。登場人物が奇想天外でハチャメチャなのも、お笑いだから、と考えればわかりやすいでしょう。

　このように『西遊記』ひとつとっても、「知る」ことが「面白い」につながることが実感できると思います。

　実は僕は漫画も大好きで、アニメの『宇宙戦艦ヤマト』*①も大好きなんです。『ヤマト』も『西遊記』と同じように、はるか遠いところにある「有難いモノ」を、立ち塞がる敵と戦いながら、取りに行って帰るまでの物語ですね。往きが大変で復りは短い、しかし最後に思わぬ落とし穴が待っているのも似ています。さて、その主題歌でも歌われているように、宇宙戦艦ヤマトが向かったのは、銀河を越えた宇宙の彼方にある「イスカンダル」です。僕は、このイスカンダルってなんやろうと、ずっと思っていました。

　トルコのイスタンブルにある考古学博物館に行ったときのことです。アレクサンドロス大王*②の石棺を見ていたら、イスカンダルと書いてあるのが目に入りました。アラビア語、ペルシャ語、トルコ語では、アレクサンドロス大王のことをイスカンダルというのです。

***①『宇宙戦艦ヤマト』**

一九七〇年代に一大ブームを巻き起こしたテレビアニメ、アニメーション映画。オリジナルシリーズは、人類滅亡の危機が迫る地球を救うため、「宇宙戦艦ヤマト」が宇宙のはるか彼方にあるイスカンダルへ向かうというもの。現在に至るまで新作の制作やリメイクが続けられている。

***②アレクサンドロス大王**

紀元前三五六～前三二三。古代マケドニア王国の君主。二十歳の若さで、名君と言われた父フィリッポス二世のあとを継ぎ、東方遠征を開始。アカイメネス朝ペルシャ、エジプトを征服し、さらに東へと歩を進め、ついにインダス河まで到達するが、兵士たちの抵抗にあい、引

宇宙戦艦ヤマトとアレクサンドロス大王が一瞬にして繋がりました。

アレクサンドロス大王は当時のマケドニアからインダス川まで大遠征を果たした人物です。だから銀河の彼方のイスカンダルは、きっとアレクサンドロス大王から連想されたものに違いないとわかったので、なるほどと、腹落ちしたのです。これも「わかること」の楽しさです。

物語のアイデアは「本歌取り」

授業の感想の中で、『ドラゴンボール』*③には『西遊記』と共通点があると言った人がいました。『ドラゴンボール』の主人公の名前はズバリ「孫悟空」で、彼のお尻にはサルのような尻尾が生えています。きっと『西遊記』からアイデアを借りたのでしょう。このように新しい物語の多くは古い物語から着想を得ています。また先ほど述べたように、『西遊記』と『宇宙戦艦ヤマト』にも、よく似たところがありますね。

ところで、日本の和歌には、本歌取り*④という手法があります。簡単にいうと、歌

き返す。バビロンでアラビア遠征を計画中に死去。幼少時の家庭教師はアリストテレスだった。遠征中は、テントの中でギリシャ神話『イーリアス』を愛読していたと伝わる。

***③『ドラゴンボール』(DRAGON BALL)**
鳥山明（一九五五〜）による世界的な大ヒットを記録した少年漫画。一九八四年から九五年まで「週刊少年ジャンプ」に連載。テレビアニメ、アニメーション映画になる。その人気はアジアだけでなく、ヨーロッパや北米、南米にも広がっている。主人公の孫悟空は、七個揃うと、どんな願いもひとつだけ叶うという秘宝「ドラゴンボール」を求めて旅に出る。冒険とバトル、さらに笑いありの大展開物語。

を詠むときに、過去に詠まれた歌から連想して新しい作品を作ることです。

昔の日本のインテリは、ほとんど誰もが『万葉集』*⑤や『古今和歌集』*⑥を諳んじていました。だから新しい歌を作るときに、例えば『万葉集』にある歌のフレーズや表現を借用して、新たに何かを詠めば、読む人も直ちにその元歌を連想します。お互いが「どうや、かしこいやろ」というような、考えようによってはちょっと嫌味なところもある遊びなのですが、そういう表現の伝統がありました。

同じように、『枕草子』*⑦にも、次のような話があります。中宮定子が清少納言に、*⑧「香炉峰の雪はどうですか?」と聞くと、清少納言は御簾を上げました。つまりカーテンを開けて雪を見せたのです。なぜかといえば、白居易*⑩という唐の詩人の作に、「遺愛寺の鐘は頭を枕につけたまま聞き入り/香炉峰の雪は、簾を巻き上げ見る(遺愛寺鐘欹枕聴/香炉峰雪撥簾看)」という一節があるからです。これも本歌取りと同じで、お互いが「元ネタ」をわかり合っているからこその遊びでしょう。

本歌取りをするのは、本歌がすぐれていて、とてもユニークだから、想像力が刺激されて、これを使って何か新しいものをつくってやろうと思うからです。

***④本歌取り**
古い歌の特徴的な語句をもとに、一首を作る方法。古い歌のイメージの上に新たな世界を展開させ、豊かな情感を生み出し、余韻を深めることができる。

***⑤『万葉集』**
七世紀後半から八世紀後半にかけて成立した歌集で、全二十巻。短歌や長歌など四千五百首以上が収録されている。天皇や貴族、防人など幅広い身分の詠み手が生活の中の感情を歌ったものが多い。主要歌人は、柿本人麻呂、山上憶良、山部赤人、大伴家持、額田王ら。

***⑥『古今和歌集』**
日本で最初の勅撰(天皇や上皇の命によって編纂した)和歌集。二十巻、約千百首を収録し成立は平安時代前期の九〇五年頃。撰者は紀貫之ら四人。『万葉集』

『西遊記』もたくさん本歌取りをされていて、世界中で新たな物語がいくつも生まれています。そもそも『西遊記』の孫悟空もインドの神話『ラーマーヤナ』からきているのではないかというお話をしました。

みなさんが読んだことのある『ドラゴンボール』も、本歌取りという手法があると知っていれば、よりよく理解できるでしょう。

読書に教訓を求めない

それでは、なぜ『西遊記』は、世界でこれほどの人気を博しているのでしょうか。みなさんは『西遊記』を読んでいてどんなところが面白かったですか。

――猪八戒のキャラが最高。

――仲間同士の掛け合いがボケとツッコミみたい。

――いろんな技が出てきて、いろんな方法で敵を倒すのが楽しかった。

の詠みぶりが素朴で雄大な「ますらをぶり」であるのに対し、『古今和歌集』は優しく可憐な「たをやめぶり」を特徴とする。代表的な歌人は、在原業平、小野小町など。

＊⑦『枕草子』
清少納言が、自身の美意識をもとに自然に対する感覚や宮廷生活の体験を綴った随筆。『源氏物語』と並ぶ平安文学の代表作のひとつ。

＊⑧清少納言
生没年未詳。『枕草子』の著者。平安時代中期に一条天皇の中宮定子に仕え、宮中での様子や自然への感情を自在に著した。

＊⑨香炉峰
中国江西省北部にある廬山の一峰。雲気の立ち上がる様子が香炉に似ていることからこの名で

なるほど。『西遊記』は、ディスカッションでも出ていた通り、リーダーの三蔵法師は頼りないですし、猪八戒はズルくて浅はか、沙悟浄はいつも他人事で、孫悟空も頑張りますがちょっとウザい。道中もこの一行は失敗続きです。でもこれが、等身大の人間のやることでしょう。

僕は、小田実さん*⑪という作家の「人間みなチョボチョボや」という言葉が大好きです。チョボチョボってわかりますか。「みんなかっこつけてるけど、一皮剥いたら人間はみんな同じでアホばっかりやで」と。僕もそれが人間の本質だと思っています。

「世界の名作」には主人公が苦労して努力を重ねたり、すごい人と出会ったりして、だんだん立派な人間になっていくという物語が多いのですが、『西遊記』はそのような、何か教訓が得られるという作品ではありません。そもそも遊びに行った芝居小屋で語られたものですから、面白ければそれでいい。面白いことそのものに価値がある。たとえば、鶴瓶さんの噺やさんまさんのトークを聞いたり、ラサール石井さんのお芝居や和牛の漫才を観に行くのに、何かタメになる話を聞けるのではないかと思う人は少ないでしょう。

呼ばれる。遺愛寺は香炉峰の北にある寺。これは対句になっている。

＊⑩白居易

七七二～八四六。唐の時代の詩人。幼い頃から優秀で、低い家柄にもかかわらず官僚として活躍。政治を諷諭する詩文を多く残す。唐の玄宗皇帝と楊貴妃との恋物語でもある「長恨歌」は『源氏物語』などの日本文学にも大きな影響を与えた。『白氏文集』は、日本の貴族たちの愛読書でもあった。

＊⑪小田実

一九三二～二〇〇七。作家、政治運動家。大阪府出身。東京大学文学部卒業後、米国のフルブライト基金により米国へ留学。帰国用航空券とわずか二百ドルを手に世界一周旅行に出る。その顛末をまとめたのが『何でも見てやろう』。その後、平和運動などにも関わる。

僕は、読書が出世の役に立つというような考え方は間違いだと、一貫して思っています。読んで面白いと思ったら自分の中に何かが残ります。面白いというのは、何も知的な刺激ばかりをさすのではなく、バカバカしくてもいいのです。

それが自分の糧となります。先生にゴマをするのが上手くて、わざと他人のハシゴを外すような人がいたら、こっそり猪八戒と呼んだらいいのです。それだけで、気持ちが楽になります。

だから、本で何かを学ばなくてはいけない、教訓になるという考え方はどうか捨ててください。最初にお話しした通り、本を何冊か読んだくらいで、仕事ができるようになることを期待するなんて、そもそも人生をなめています。

すぐ役に立つものは、すぐ役に立たなくなるのです。成績を上げるためにこの本を読みなさい、という大人がいるかもしれませんが、そんなことより自分が面白いと思う本を読むのがいちばんです。

内田百閒が*⑫、短編『王様の背中』の序で、こんなことを書いています。

この本のお話には、教訓はなんにも含まれて居りませんから、皆さんは安心して読んで下さい。

最初から何かを学ぶつもりで構えて本を読んでも楽しくありません。もし読み始めてわからない、面白くないと思ったら、すぐにやめて次の本にあたればいいのです。本がわからないのは、書いている人がアホやと思えばいい。

だけど古典は違います。長く読み継がれてきたものは面白いに決まっています。わからない、難しいと感じるのは時代背景を知らないからです。現代の本は、自分の感覚で読み進めることができるのですが、古典は、自分の感覚だけでは理解できません。だけど、時代背景を知れば、きっと面白いと感じられるはずです。面白いからこそ古典は、読み継がれてきたのです。

わかりやすい例を挙げましょう。みなさんは、桜というとどんな花を連想しますか。薄桃色で、枝いっぱいに咲いて一斉に散っていく姿でしょうか。東京の上野公園や目黒川など、日本各地の桜の名所で見かけるのは、その多くがソメイヨシノ*⑬です。こ

＊⑫内田百閒

一八八九～一九七一。小説家・随筆家。岡山県出身。東京帝国大学独文科に入学。漱石門下の一員となる。陸軍士官学校、海軍機関学校、法政大学のドイツ語教授などを歴任する一方、文筆活動を行う。俳諧的な風刺とユーモアの中に、人生の深遠をのぞかせる独特の作風を持つ。著作に『冥土』『実説艸平記』『阿房列車』『百鬼園随筆』などがある。

＊⑬ソメイヨシノ

日本で多く見られる桜の品種。葉が出る前にピンクの花が咲くエドヒガンと大輪で花付きの良いオオシマザクラの交配種。江戸末期に、江戸の染井村の植木職人たちによって育成された。桜の名所として知られる大和（奈良県）の吉野山にあやかった命名だが直接の関係はない。

の品種は、江戸時代の終わりから植えられるようになりました。歴史的に見れば、かなり新しい桜です。

ということは、『万葉集』や『古今和歌集』の歌に詠まれている桜は、ソメイヨシノではないということです。おそらくヤマザクラ*⑭でしょう。花は白っぽくて、ソメイヨシノのように一斉に満開の時期を迎えるダイナミックな桜ではありません。

だから、昔の人が詠んだ歌に桜が出てきたとき、ソメイヨシノを連想すると噛み合わないのです。

古典を難しいと感じてしまういちばんの理由はそういう「噛み合わなさ」だろうと思います。歴史的な背景への理解がないと、わかりにくかったり、誤解してしまいます。古典を読むときは、そのことを心に留めておいてください。

学ぶことで人生の選択肢が増える

『西遊記』での三蔵は、仲間がいたからこそ旅を完成させることができました。ひと

***⑭ヤマザクラ**
山野に自生する野生の桜の中で代表的な桜。開花と同時に葉が出るのが特徴。花ごとに開花時期が異なるので、一本の樹に長期間にわたって花が咲き続けているように見える。有名な吉野の桜は、このヤマザクラが多い。

りでは、あんなに遠くへ、しかも途中にはとんでもない妖怪や妖魔がいたわけですから、とても天竺（インド）まで行けなかったでしょう。やっぱり仲間は大事です。彼らは、それぞれとても個性があります。ダイバーシティという言葉を聞いたことがあるでしょうか。多様性という意味です。『西遊記』の三蔵と孫悟空、猪八戒、沙悟浄は考え方やスタイルがそれぞれまるで違っています。自分とは違う考えを受け入れることで、人はたくさんの人と仲良くなれます。

歴史を見れば、イノベーション[*⑮]は人の交流が盛んで、多様な人たちが行き交った場所、時代に起きたことが明らかです。世界にはいろんな文化や伝統がありますから、いろんな人間の考えるパターンを学ぶと、考える力が身につきます。そうして、「自分の頭で考え、自分の言葉で、自分の意見を言える」人間になっていくのです。そこから奇抜なアイデアやユニークな着想が生まれます。

もうひとつ覚えておいてほしいのは、三蔵と三人のお供たちは、それぞれに特技を持っていたことです。例えば孫悟空は旅に出る前に修行をして、何かに化けたり、体の大きさを変えたり、觔斗雲で飛べるようになりました。

＊⑮イノベーション
技術革新や新たな概念、新たな活用法など、社会に大きな変革を促すようなモノや、サービスのもとになる変化を指す。

みなさんは今、スキー場にいると考えてください。いいですか。自分はスキーがめっちゃうまいと仮定します。

ここでの楽しみ方は二つあります。ガンガン滑るのと、ぼーっと見ているのとです。どちらが楽しいでしょうか。

ガンガン滑るほうが楽しいと思う人は手を挙げてください。

（挙手）

はい。ほとんどの人がそうですね。

それでは、ぼーっと見ているほうが楽しいと思う人？

（挙手）

はい。こちらのほうが少ない。

ここで言いたいことは、スキーを練習しておけば、どちらにするかを選べるということです。「今日は元気だからガンガン滑ってやろう」でもいいし、「昨日ガンガン滑って筋肉痛やから今日はみんなが滑るのや雪山をぼーっと眺めて過ごそう」というのでもいい。どちらかを選べるのです。

しかしスキーを学んでこなかった人は、見ていることしかできません。

『西遊記』は旅の物語ですが、みなさんのこれからの人生も旅です。

みなさんはいずれ学校を卒えて、社会人としての生活を送ることになります。人生という旅のゲームに参加するわけです。スキー場での過ごし方と同じで、たくさん勉強をして、いろんなことを知って、いろんなことができるようになっていたら、きっと人生をたくさん楽しめます。それは人生の選択肢が増えるからです。

もちろん勉強しなくてもいいのです。スキー場でぼーっと見ているだけでも悪くはありません。でも選べるほうが、選択肢が多いほうが、人生というゲームは楽しくなります。あるいは、いろんな事情でスキーができない人のサポートも、自分が滑れればよりスムーズにできるでしょう。いろんなことを学んでおいたほうがいいということが、これでわかるでしょう。

学ぶことは、何も学校の勉強に限りません。サッカーでもテニスでもいいですし、将棋でもいい。ポケモンでもなんでもいいのですが、好きなことをトコトン究めて学んでおけば、生きるための選択肢が増えるのです。

孫悟空は、三蔵に破門を言い渡されたとき、觔斗雲の術を学んでいたから、ひとっ飛びして故郷の花果山に帰ることができました。觔斗雲の術を知らなかったら、三蔵に謝って、ついていくしかなかったでしょう。

人生は旅のようなもの。何かを学んだことは決して無駄にはならないのです。

私たちは偶然の中で生きている

唐の時代に玄奘三蔵が、インドまでの取経の旅を成功させたのは、たまたま唐もインドも国が安定していたからだという話をしました。それをひと言でいえば、「偶然」です。

歴史にはそんな話が山ほどあります。ダーウィン*⑯の進化論が、その理論的な根拠を与えてくれます。『種の起源』を読めば、生物が生き残る条件は、強いことでも賢いことでもなくて、運と適応だということがわかります。つまり大前提が偶然なのです。「運も実力のうち」「運を引き寄せる」などという人もいますが、運をコントロー

＊⑯ダーウィン
一八〇九～八二。イギリスの自然科学者。ファーストネームは、チャールズ。著書『種の起源』で、すべての生物は、環境に適応したものが、生き延びてきたこと、環境に適応できるかどうかは偶然であることを証明している。

ルすることは誰にもできません。

だけど、人間は自意識の強い頭でっかちの動物なので、頑張ればなんとかなると思いたいのです。

世界を見渡してください。何かをやろうとしたら、常に競争相手がいます。相手の状況によっては、自分がどれだけ頑張っても報われないことがあるのです。

例えば、陸上短距離選手のウサイン・ボルト*⑰が世界の頂点にいた十年ぐらいは、どれだけ才能があって努力した人がいたとしても金メダルは取れなかったでしょう。同時代に傑出した人がいればどうしようもありません。そういう意味で、同時性、偶然性というのはものすごく大きく人生を左右します。

それでは頑張っても仕方がないのかというと、これも歴史を見ればわかるのですが、そうではありません。偶然の要素や同時性が大きいからこそ、逆に運が向いてきたときのために、常日頃から準備をしておかなくてはならないのです。

そのいちばんいい例が、カルヴァンの予定説*⑱です。伝統的なキリスト教の教えは、最後の審判のときに、天国に行くか地獄に行くかを神さまが判断して決めるというも

＊⑰ウサイン・ボルト

一九八六〜。ジャマイカの元陸上短距離選手。一九八六年生まれ。北京、ロンドン、リオデジャネイロと三度のオリンピックで、百メートル、二百メートル、四×百メートルリレーの三冠を達成。二〇一七年引退。

＊⑱カルヴァンの予定説

フランスの神学者ジャン・カルヴァン（一五〇九〜六四）が提唱したキリスト教の神学思想。その人が神の救済にあずかれるかどうかは、あらかじめ決定されていると説く。プロテスタントのいくつかの教派やローマ教会、東方教会はこの説を受け入れていない。

のでした。つまり「生きている間に善行を積んでおけば神さまがそれを見て判断するから天国に行ける」というものでした。だけど、善行を積んだかどうかをこの世で判断するのは、ローマ教会、要するにローマ教皇です。

　すると、たくさんお布施を積んだ人が天国に行けることになります。それがローマ教会の腐敗につながりました。

　カルヴァンは「予定説」で、人間は生まれたときから天国に行くか地獄に行くかを神さまによって既に決められているという考え方を示しました。すると、教会でどれだけお布施を積んだとしても、神さまがはじめから決めているのですから、全く意味がないということになります。生まれる前から神さまが決めているのなら、自分がやりたいように生きればいいし、悪いことをしてもどうってことはない、という考えに陥りそうです。

　ところが実際はそうはなりませんでした。カルヴァン派の人々は、「神さまは私がもう天国に行くことを決めているに違いないから、神さまの期待に応えるよう一所懸命に勉強して立派な人にならなければならない。さらに頑張らなくてはいけない」と

考えたのです。これが、マックス・ヴェーバー*⑲の『プロテスタンティズムの倫理と資本主義の精神』という名著につながっていきます。「神に選ばれた」という自覚を持つ人たちが一所懸命働いて近代社会を築いてきたというのです。

つまり、運や偶然を認めた上で、チャンスが訪れたときに頑張れるために、十分事前の準備をしておこうと考えて、人間は生きてきたのです。

マックス・ヴェーバーの『プロテスタンティズムの倫理と資本主義の精神』は、そういう考え方を記した本です。まだ中学生のみなさんには難しいかもしれませんが、ぜひいつかは読んでみてください。

「国境のない」生き方を！

繰り返しになりますが、人間は「人、本、旅」で賢くなる動物です。みなさんは、いろんな先生方の話を聞くだけでなく、友だちからも学べます。そして学校には図書館がありますから、本もたくさん読むことができます。そして、いろんなところへ行っ

＊⑲マックス・ヴェーバー
一八六四～一九二〇。ドイツの社会学者。二〇世紀初頭に発表した『プロテスタンティズムの倫理と資本主義の精神』は、西洋近代の資本主義を発展させた原動力はプロテスタンティズム（カルヴィニズム）にあるとして、大きな反響を呼んだ。

て経験を深めたら、これからの人生の試合に出られる可能性が高くなるのです。世界はとても広くて、たくさんのチャンスがあります。たくさんのことを学んでおけば、チャンスが訪れたときに選ぶことができるのです。

漫画家のヤマザキマリさん[*20]が書いた『国境のない生き方』という本を紹介します。これはみなさんもすぐに読んでもらえる名著だと思います。ここで書かれているのは「世界は広くて面白いことが山ほどある。だからどんどん世界に飛び出せば人生は楽しいで」ということです。なお、みなさんが読んでおくと面白いだろうと僕が思う本は、本書の巻末に紹介しておきました。

僕は、みなさんが三蔵に、あるいは孫悟空になったつもりで広い世界に飛び出せば、きっと楽しいだろうと思います。

最後に、連合王国の哲学者、フランシス・ベーコン[*21]の言葉を紹介します。

「知識は、力なり。」

＊⑳ヤマザキマリ

一九六七〜。日本の漫画家・文筆家。東京都生まれ。北海道で幼少期を暮らす。十七歳で単身イタリアに渡り、国立フィレンツェ・アカデミア美術学院で学ぶ。多くの国での生活歴を持ち、現在はイタリアに在住。代表作に『テルマエ・ロマエ』など。

＊㉑フランシス・ベーコン

一五六一〜一六二六。連合王国の哲学者。経験論を唱え、観察や実験を繰り返すことで、真理に到達すると説いた。

何事でも学ぶことは、みなさんの人生を豊かにします。たくさんの人に会って、たくさんの本を読んで、たくさん旅をして、人生の選択肢(せんたくし)を増やし、ワクワクする人生を送ってほしいと願っています。これで僕(ぼく)の講義を終わります。

出口治明さんによる『西遊記』にプラスするおすすめブックガイド6点

ヤマザキマリ『国境のない生き方 私をつくった本と旅』

古代ローマを舞台にした漫画『テルマエ・ロマエ』の著者が、これまでどんな旅をして、どんな本を読んで、どんなことに心を動かされてきたかを語る。東京から北海道に移り住んだのが五歳の時。スマホもない時代に十四歳でひとり旅をしたヨーロッパ。そして十七歳でイタリアに渡り、絵の勉強を始める。イタリアで、アルゼンチン人に勧められて読んだガルシア＝マルケスの『百年の孤独』。詩人と結婚し、人生に絶望しかかったときに息子が生まれてきたことでつかんだ漫画を描く仕事。人、本、旅を実践してきた著者の生き方が実に刺激的だ。（小学館新書）

マルコ・ポーロ『完訳 東方見聞録1・2』（愛宕松男訳注）

十三世紀、ヴェネツィアから東方に向かったマルコ・ポーロの旅の記録。中央アジアを通過し、モンゴル帝国の首都大都（現在の北京）でクビライに謁見。クビライのもとで十七年間、使節として各地に出向くなどした後に、帰郷。旅は二十六年に及んだ。大都までの道のり、クビライの宮廷事情から、現在のミャンマーあたりにまで至る雲南への旅、極寒のロシアなど、広大な地域の産業や文化を伝える。コロン（コロンブス）が西回り航路で船出をしたのは、本書を愛読し、大都へ東回りで行きたかったからと言われている。（平凡社ライブラリー）＊ちなみに、近年の世界史教科書では『世界の記述』というタイトルで扱われている。

関野吉晴『グレートジャーニー人類5万キロの旅1〜5』

「グレートジャーニー」とは、太古アフリカに誕生した私たちの祖先が、アフリカを飛び出して、長い時間をかけてアジアからシベリア、アラスカへと渡り、南米の最南端までたどり着いた旅のこと。著者は、この旅を逆にたどることを決意。南米最南端のナバリーノ島を出発し、八年あまりかけて徒歩とカヤック、自転車で五万キロを旅した。南米でアマゾンを探検し、アラスカからベーリング海峡を横断してシベリアに入り、草原と砂漠のモンゴルを縦断。西アジアのイスラム圏を抜けてアフリカ大陸へ。多数の写真とともに旅の様子を克明に伝える。（角川文庫）

若桑みどり
『クアトロ・ラガッツィ 天正少年使節と世界帝国 上・下』

九州のキリシタン大名三人がヨーロッパに派遣した四人の少年たちの旅の物語。出発したときは織田信長の安土桃山時代で、彼らは中国、インド、ポルトガルを経てスペインに渡り、国王フェリペ二世に謁見する。そこからイタリアに渡り、ローマ教皇グレゴリウス十三世と枢機卿に公式に接見。当時の世界最高の文化に触れた彼らは、八年後に帰国。豊臣秀吉に成果を報告、文物や印刷技術を日本にもたらした。ところが、時代は鎖国へとつき進み、キリシタンに対する激しい迫害が始まる。逆境にあっても強い意志をもって人生をまっとうする四人の姿を描く。（集英社文庫）

パウロ・コエーリョ
『アルケミスト 夢を旅した少年』（山川紘矢＋山川亜希子訳）

アンダルシアで暮らしていた羊飼いの少年は、ある日、夢でエジプトのピラミッドに行けば、宝物が手に入ると告げられる。夢を信じて旅に出た少年は、途中で、親しくなった友人に騙されて全財産を失うことになっても、「おまえが何か望めば、宇宙のすべてが協力して、それを実現するように助けてくれるよ」という老人の言葉を信じて旅を続ける。「夢を追求してゆくと、おまえが今までに得たものをすべて失うかもしれないと、心は恐れているのだ」など、旅と人生についての名言が随所に記されている。人生の流れに素直に従った少年は、やがてエジプトにたどり着く。（角川文庫）

小田実
『何でも見てやろう』

大学院生であった著者が、米国のフルブライト留学生試験に合格し、米国へと旅立った。英会話はほとんどできないが、「まあなんとかなるやろ」という持ち前ののんきさと「何でも見てやろう」というバイタリティで米国からヨーロッパへ、アジアへと二十二カ国を巡る。一日一ドルという予算の貧乏旅行では、米国南部で人種差別を目の当たりにし、外国人に親切なギリシャ人に感動し、水浴びしている男のすぐ横で、子供がおしっこをし、水をくんで炊事をしているガンジス川の雄大さに目をむいた。「人間みなチョボチョボや」という著者が自らの旅を鮮やかに描いている。（講談社文庫）

◆主要参考文献

君島久子 訳『西遊記（上）（中）（下）』福音館書店

伊藤貴麿 訳『西遊記（上）（中）（下）』岩波少年文庫

『図説 中国文明史6 隋唐 開かれた文明』創元社

『図説 中国文明史7 宋 成熟する文明』創元社

『図説 中国文明史9 明 在野の文明』創元社

陳舜臣監修『中国古典紀行3 西遊記の旅』講談社

井波律子『中国の五大小説（上）（下）』岩波新書

磯部彰『旅行く孫悟空 東アジアの西遊記』塙書房

三猿舎 編『西遊記 キャラクターファイル』新紀元社

伊藤漱平 訳『紅楼夢』全12巻 平凡社ライブラリー

鈴木大拙『日本的霊性』岩波文庫

並川孝儀『ブッダたちの仏教』ちくま新書

杉山正明『遊牧民から見た世界史』日経ビジネス人文庫

中野美代子『なぜ孫悟空のあたまには輪っかがあるのか？』岩波ジュニア新書

中野美代子『孫悟空の誕生 サルの民話学と「西遊記」』岩波現代文庫

ジン・ワン『石の物語 中国の石伝説と『紅楼夢』『水滸伝』『西遊記』を読む』法政大学出版局

木村靖二・岸本美緒・小松久男 監修『山川 詳説世界史図録（第2版）』山川出版社

蜂屋邦夫『中国的思考 儒教・仏教・老荘の世界』講談社学術文庫

坂出祥伸『道教とはなにか』ちくま学芸文庫

松村一男、平藤喜久子編著『神のかたち図鑑』白水社

川本芳昭『中国史のなかの諸民族』山川出版社世界史リブレット

林俊雄『遊牧国家の誕生』山川出版社世界史リブレット

金文京『水戸黄門「漫遊」考』講談社学術文庫

出口治明『教養は児童書で学べ』光文社新書

出口治明『座右の書『貞観政要』中国古典に学ぶ「世界最高のリーダー論」』KADOKAWA

出口治明『「全世界史」講義 I古代・中世編 教養に効く！ 人類5000年史』新潮社

出口治明『仕事に効く教養としての「世界史」』祥伝社

出口治明『グローバル時代の必須教養「都市」の世界史』PHP研究所

出口治明『世界史の10人』文藝春秋

出口治明『ビジネスに効く最強の「読書」本当の教養が身につく108冊』日経BP社

出口治明『人生を面白くする 本物の教養』幻冬舎新書

出口治明『人類5000年史I』ちくま新書

出口治明『部下を持ったら必ず読む「任せ方」の教科書「プレーイング・マネージャー」になってはいけない』角川書店

2018年2月16日、東京都立桜修館中等教育学校にて、生徒17名と。

Special Thanks（東京都立桜修館中等教育学校でご協力いただいたみなさん。敬称略）

石川英太郎、井上朋美、内山賢佑、大内海音、太田翔子、近藤はな、佐藤文香、髙橋輝、竹村悠利、谷川光之介、鶴岡直穂、中村みのり、西沢瞳子、萩原鈴音、原千晶、平岡未結、三輪優水奈（以上、前期課程生徒＝授業時）

志波昌明、荒井佳子（以上、先生） 安江洋子（司書） 小川詩（後期課程生徒）

[画像提供]
ユニフォトプレス

構成・編集協力／今泉愛子
編集協力／髙松完子、福田光一、松井由理子
授業撮影／丸山 光
表紙・本文イラスト／YOIMOA
図版作成／小林惑名
協力／NHK エデュケーショナル
図書館版制作協力／松尾里央、石川守延（ナイスク）
図書館版表紙デザイン・本文組版／佐々木志帆（ナイスク）

本書は、2018年2月16日に東京都立桜修館中等教育学校で行われた「出口治明　特別授業」をもとに、加筆を施したうえで、構成したものです。

なお引用については、原則として「21世紀版少年少女世界文学館（23）『西遊記』」（君島久子訳、講談社）に拠っています。編集部で適宜ルビを入れたところがあります。

このテーマの放送はありません。

出口治明（でぐち・はるあき）

1948年、三重県生まれ。立命館アジア太平洋大学（ＡＰＵ）学長。ライフネット生命保険創業者。京都大学法学部卒。1972年、日本生命保険に入社。企画部・財務企画部・ロンドン現地法人社長・国際業務部長などを経て退職。東京大学総長室アドバイザーなどを経て、2008年ライフネット生命保険株式会社を開業し2012年に上場。社長、会長を10年間務める。2018年1月より現職。著書に『生命保険入門　新版』（岩波書店）、『直球勝負の会社』（ダイヤモンド社）、『人生を面白くする　本物の教養』（幻冬舎新書）、『仕事に効く教養としての「世界史」Ⅰ・Ⅱ』（祥伝社）、『人類5000年史Ⅰ・Ⅱ』（ちくま新書）、『全世界史』上・下（新潮文庫）、『教養は児童書で学べ』（光文社新書）、『0（ゼロ）から学ぶ「日本史」講義 古代篇』（文藝春秋）など多数。

図書館版 NHK100分de名著　読書の学校

出口治明 特別授業『西遊記』

2019年2月20日　第1刷発行

著　者　出口治明

発行者　森永公紀
発行所　NHK出版
〒150-8081 東京都渋谷区宇田川町41-1
電話　0570-002-042（編集）
0570-000-321（注文）
ホームページ　http://www.nhk-book.co.jp
振替　00110-1-49701
印刷・製本　廣済堂

ISBN978-4-14-081768-1　C0090